KB082918

나는 어떻게 글을 쓰는가

아시아 작가들의 글쓰기와 삶

오정희
김인숙
임철우
구효서
최 윤
이순원
장강명
조경란
한수산
이혜경
백가흠
조해진
박민정
류전원
사하르 칼리파
프란시스코 시오닐 호세
푸투 위자야
호세 F. 라카바
오다 마코토

나는 어떻게 글을 쓰는가

아시아 작가들의 글쓰기와 삶

오정희	백가흠
김인숙	조해진
임철우	박민정
구효서	류전윈
최 윤	푸투 위자야
이순원	사하르 칼리파
장강명	프란시스코 시오닐 호세
조경란	호세 F. 라카바
한수산	오다 마코토
이혜경	

아시아

차례

내 글쓰기의 영혼

오정희

1947년 서울 출생. 1970년 서라벌예대 문예창작과를 졸업했다. 1968년 중앙일보 신춘문예에 「완구점 여인」이 당선되어 작품 활동을 시작했다. 소설집 『불의 강』 『유년의 뜰』 『바람의 넋』 『불꽃놀이』 『돼지꿈』 『가을 여자』, 장편소설 『새』, 동화집 『송이야, 문을 열면 아침이란다』, 수필집 『내 마음의 무늬』 등이 있다. 이상문학상, 동인문학상, 동서문학상, 오영수문학상 등을 수상했으며, 2003년에는 독일에서 번역 출간된 『새』로 리베라투르상을 수상했다.

지난해 여름 장마철 폭우로 수해를 입었다. 야트막한 야산 둔덕이 밀려 내려와 집을 덮친 것이다. 몇 날 며칠 퍼부어대는 폭우의 기세가 심상치 않아 깊은 밤 삽을 들고 물꼬를 터보겠다고 나왔던 남편과 나는 간발의 차이로 매몰을 면했다. '천우신조'로 목숨을 구한 것이다. 등 뒤를 지켜주는 것 같아 아늑하고 든든하다고 느끼던 뒷산이 재앙이나 무시무시한 흉기가 될 수도 있다는 것, 누구나의 인생에서 어떤 일이든 일어날 수 있다는 것, 산사태를 일으키는 것은 직접적으로 가해지는 물리적 힘보다도 우레 소리 때문이기 십상이라는 것을 그 일을 겪은 후 알게 되었다. 우레 소리에 땅이 흔들리고 나무가 뿌리째 뽑히면서 산을 무너뜨린다는 사실은 놀라웠다.

　어둠과 폭우 속에서 목도한, 짧은 비명의 겨를도 없이 순식간에 밀려와 덮치는 진흙더미는 무정, 무감, 무정형의 생명체 어쩌면 거대한 욕망의 실체처럼 느껴졌다. 허먼 멜빌의 흰고래나 헤밍웨이의 돛새치도 바로 이러한 힘 혹은 현상을 형상화한 것이 아니었을까. 엄연한 사실과 현상도 은유와 환유로 받아들이고 표현하게 되는 습성은 오랜 세월 문학의 언저리에서 서성거리며 살아온 탓에 길러진 것일 게다. 어쨌거나 내게 문학은 나름 정황과 사물의 이해방식이고 사유의 틀이자 나와 나를 에워싼 세계를 바라보고 인식하는 창(窓)인 것이다.

미친 듯 퍼붓던 비가 그친 아침 환한 햇빛 아래 지난밤의 광태를 고스란히 드러낸 정경을 망연히 바라보며 나는 이러한 아침풍경을 소설로 쓰고 싶다는, 쓸 수 있을 듯한 흥분과 기대로 가슴이 뛰었다. 전혀 예상치 못했던 재난이 50년 전 문창과 신입생 시절 첫 강의 시간에 들었던 이른바 '충격을 느끼는 소재'로 다가온 것이다. 문창과 첫 수업시간에 들은 강의 내용이, 세상의 모든 것이 글의 소재가 될 수 있지만 그중 각 작가마다 다르게 '충격'을 주는 소재가 있으니 그걸 써야 한다는 것이었다.

그 무렵 어느 선배작가로부터 '겨울밤 담벽에 걸어놓은 시레기 다발이 바람에 쓸리는 소리'라거나 '오른쪽으로 약간 휘어진 검지' '무심한 눈빛' 같은 어쩌면 사소하고 무심하게 보아 넘기는 것들을 소설로 쓰고 싶다는 이야기를 들었다. 하지만 그렇게 소소하고 하찮은 것들이 어찌 충격이 될 수 있는가, 소설이 되기에는 너무 시시하지 않은가 하는 것이 소설감이 될 '충격'을 찾아 헤매던, 그래서 세상 사람들에게 문학의 이름으로 엄청난 충격을 주어야 한다고 생각하던 스무 살 문청이었던 나의 생각이었다.

그러나 작가 생활을 시작한 이래 나의 글쓰기의 욕구와 소재는 대체로 나의 일상, 생활 반경 안에서 비롯되는 경우가 태반이었다.

아침에 잠에서 깨어날 때마다 겪는 잠깐의 해리현상, 차창 밖으로 스쳐지나가면서 잔상을 남기는 어떤 풍경이나 모습들, 어떤 목소리, 사소하고 평범한 일상사에서 문득 이러한 것들을 글로 쓰고 싶고 쓸 수 있을 것 같은 설렘과 기대감을 갖게 되는 것이다.

일례로, "엄마, 바람이 불어. 바람이 무서워. 바람은 어디에서 살지?"라는 어린아이의 말에서, 그리고 어느 무더운 여름날 창밖에서 들리는 "기주야"라는 목멘 부름에서 이미지를 얻어 한 편의 소설을 썼는가 하면 저녁밥을 짓다가 부엌 창문으로 보이는 짙은 노을, 햇살이 아직 남아 있는 강으로부터 어두워지는 숲으로 길게 호를 그리며 날아가는 흰 새를 보면서 가슴에 닿아왔던 인생에 대한 막연한 느낌과 슬픔을 소설로 쓰기도 했다. 그러나 순간적으로 떠오른 생각과 이미지나 감각들은 얼마나 쉽게 희미해지고 흔적 없이 사라지고 마는지. 글로 써지지 못한 생각들이 얼마나 허망하게 덧없이 사라지는지. 부엌 선반과 현관 신발장 위, 화장실과 침대 머리맡 등 도처에 놓인 메모지와 볼펜을 보면 나 자신이 때로 구차스럽고 가엾어지기도 한다.

가끔 나는 어쩌다가 다른 일이 아닌 읽고 쓰는 일을 하며 살아가게 되었을까, 내 글쓰기의 원천은 무엇일까 궁금하기도 하다. 카뮈 같은 작가는 일생 자신에게 자양을 공급해준 원천이 오랫동안 몸담아 살아온 '가난과 빛'의 세계 속에 있다고, 그 세계의 추억이 지금도 모든 예술가들을 위협하는 두 가지 상반된 위협, 즉 원한과 만족으로부터 자신을 지켜준다고 토로하고 있다. 그렇다면 모든 예술가들이 나름대로 다 갖고 있다는 원천은 내게 무엇일까.

내게 간직되어 있는 아주 어린 시절의 몇 장면에 나는 은연중에 갖게 된 비극적 세계관, 어둠의 정조, 문학적 연원이라는 혐의를 둔다.

그것은 어둠속에서 내 입을 틀어막고 있던 끈끈한 손, 커다란 개를 장대에 매달아 죽이던 광경, 어둠침침한 방 안에서 몸을 뒤틀며 비명을 지르던 사람의 모습이다. 그것들은 아주 강렬하고 비현실적인 그림처럼 남아 있어 오랫동안 꿈의 장면이거나 어린아이로서의 몽상이나 상상이었던 것으로 생각해왔었다. 그러나 훗날 그것이 전쟁이 발발했을 당시 그해 여름부터 겨울에 이르는 기간에 미처 피난을 떠나지 못하고 지낸 동안 실제로 있었던 일이라는 것을 부모로부터 들어 알게 되었다. 시가전이 벌어지는 상황에서 하루에도 여러 차례 공습을 피해 동네사람들과 함께 방공호로 피했고 포탄소리에 놀란 개들이 미쳐 날뛸 것을 우려해 집에서 기르던 개를 그렇게 처리했으며 역시 그러한 위급상황에서 어머니가 동생을 낳던 장면이었다는 것이다.

초등학교 3학년 때 짝이었던 남자아이는 고아원생으로 한 손이 없었다. 피난길에 부모는 폭사하고 그 자신은 한 손이 잘렸다. 그 아이는 간혹 내게 꿈 이야기를 들려주었다. 꿈에서는 언제나 전쟁 전처럼 부모와 함께 살고 있는데 깨고 나면 꿈속의 일이 진짜고 춥고 어두운 방에서 낯선 아이들과 자고 있는 지금이 나쁜 꿈인 것 같아 무서워 운다고 하였다.

내 기억의 맨 첫머리에 놓인 이러한 세계와 사람, 감각들은 유년기를 지배한 전후사회의 불안과 결핍, 상실감 등에 녹아들어 내 문학의 원형질을 이룬 것이 아닌지. 마지막까지 포기할 수 없는 나의 문학적 윤리가 아닌지.

　해를 넘겨 봄이 되자 집 뒤 무너진 둔덕에 석벽 쌓는 공사를 하였다. 석벽이 둘러쳐지자 상대적으로 집은 깊숙이 내려앉은 옴팍집이 되었다. 서재 벽 위쪽으로 낸 좁고 긴 창으로 보이는 것은 회색빛 화강암 벽뿐이었다. 방은 좀 더 어둡고 서늘하고 적막해졌다. 살풍경한 창 너머를 물끄러미 바라보다가 책을 읽거나 공상에 빠지거나 우리 속의 짐승처럼 불안하게 서성이기도 하노라면 문득 지하 감방의 수인이 이러려니 싶어진다. 자발적 감금 혹은 유폐의 상태에서 벌이는 이 일련의 행위들이 무엇인가에 붙잡히기를 바라는 마음과 회피하고 달아나려는 마음의 소산임을 안다. 쓰고자 하는 열망과 함께 겪게 되는 우울증은 자기검열의 끔찍함, 글쓰기의 두려움을 버텨내기 위한 방어기제 같은 것인지도 모르겠다.

　글을 구상할 때의 나는 알을 품은 암탉처럼 의심이 많아지고 언행이 굼떠진다. 나만의 대단한 비의 혹은 남모를 힘을 품고 있는 듯 어깨를 둥글게 구부리고 물동이를 인 처녀처럼 발걸음도 조심스러워진다. 글을 쓰는 과정 중에서 가장 행복할 때일 것이다. 그러나 막상 쓰려고 들면 그 요란하게 들끓던 사념과 날카로운 각성, 현란한 언어들은 거짓말처럼 사라져버리고 나는 허허벌판에 던져진 눈먼 벌레가 되어 무디고 더딘 배밀이를 하게 되는 것이다. 나 자신과 내가 쓰려고 하는 글에 대한 환상과 환각이 완전히 걷힌 후에야 비로소 시작되는 글쓰기라니.

긴 글이든 짧은 글이든, 첫 문장에서 마지막 문장에 이르는 동안 나는 기대감에 들뜨고 쉽게 좌절하고 회의에 빠지는가 하면 비대발괄도 서슴지 않고 행운과 우연에 기대어 보는 등 한 인간으로서 맛볼 수 있는 모든 감정과 복잡다단한 심리를 다 겪어낸다. 그러기에 작가들은 작품을 하나 끝낼 때마다 인생의 징검돌을 놓았다거나 일단락되었다는 느낌을 맛본다고도 말하는가보다. 무엇인가가 내 안의 상처 혹은 무의식과 만나 파장을 일으키면서 쓰고자 하는 욕망을 불러일으키는 것, 적확한 표현을 얻기 위해 한 단어가 내포하고 있는 최대치를 끌어내고 조심스레 문장을 가다듬으면서 '그때까지 내 영혼이 보지 못했던 경계를 넘어 새로운 것을 발견하는'[1] 일에는 말할 수 없는 쾌감이 분명히 있다. 아니 그것

[1] 2008년 한국을 찾은 터키의 소설가 오르한 파묵이 황석영과 가진 대담에서 한 말에서 가져왔다. "나는 역사와 정치가 쳐 놓은 금기의 경계를 넘다가 많은 고초를 겪었다. 금기의 경계는 그것을 극복하려는 작가의 직업을 멋진 것으로 만들어 준다. 그런데 작가로서 내가 진심으로 넘고 싶은 것은 내 마음 속에서 문장을 만들 때 그때까지 내 영혼이 보지 못했던 경계를 넘어 새로운 것을 발견하는 것이다."

이 작가로서 누릴 수 있는 기쁨의 전부일 것이다.

소설 쓰기는 되풀이해서 겪어도 면역과 내성이 생기지 않는 점, 그리고 그 가슴 뜀과 온갖 갈망과 공상, 기진맥진과 지리멸렬 이윽고 쓰디쓴 환멸에 이르기까지 연애의 구조와 신통히도 닮아 있다. 똑같이 눈먼 열정의 소산이기 때문인지도 모른다.

내게 있어 글쓰기란 엉클린 실꾸리에서 실마리를 찾는 일이고 문 없는 방에서 문고리를 찾는 일이고 대책 없는 혼란과 혼돈 속에서 길을 내는 일이다.

글쓰기가 진행이 되지 않을 때 나는 인생이 진행이 되지 않는다는, 살고 있지 않다는, 더 이상 진화나 성장 없이 멈춰 있다는 불안에 시달린다. 문학이라는 창이 닫히면 나는 모호하고 흐릿한 간유리에 갇혀 있는 듯한 답답증에 시달리게 되는 것이다. 어린 나이에 받은 문학적 세례로 인해 산다는 일과 쓴다는 일, 사유한다는 일을 한가지로 내면화시킨 탓도 있을 것이다.

성취와 성과와는 무관하게 내 의식 속에서의 글쓰기는 유희이자 노동이고 덫이자 닻이고 감옥이자 해방이라는 이율배반적 성격과 더불어 삶의 변명이자 동력이라고 말할 수 있겠다. 때문에 글쓰기가 이루어지지 않을 때의 나는 존재론적 의미에서의 빈털터리, 그림자가 되고 만다는 두려움에 시달리게 되는 것이다.

써야 한다는, 쓰고 싶다는 욕망에 중독되어 있으면서 동시에 쓰는 일의 두려움에 중독되어 있는 참 딱한 상태인 나. 왜 무엇을 어떻게 써야 하는가의 고민과 고민 속으로의 도피에 중독되어 있는 나. 그래도 내게 남겨진 시간들을 생각하며 여전히 책을 사고 읽고 읽다가 밀쳐두고 밀쳐두었던 사실을 잊는다. 아무런 희망도 기대도 없이 다만 과장도 과잉도 결핍도 없는 글을 쓰고 싶다는 생각을 한다.

잡지 편집자로부터 오래전에 들었던 이야기가 생각난다. 평생 시인으로 살아왔으나 한동안 발표가 없었던 시인에게 청탁을 하니 '시 쓰는 법을 잊어버려 쓸 수가 없노라'는 답변이 돌아와 그럴 수도 있는가 하는 충격을 받았다고 했다. 인생을 걸고, 목숨을 걸고 해온 일이라 할지라도 이렇게 잊을 수 있는 것이다. 말을 잊고 기억을 잊고 평생을 수행해온 일상의 습관과 길들임을 잊고 종내 자신조차도 잊으면서 생의 끝을 향해 가는 것이 아닌가.

어디에서 무엇을 하며 어떻게 헤매든 끝까지 이르면 거기에는 노래가 있다는 말, '당신이 어디에 있든 무엇을 하든 세상은 당신의 상상에 자신을 내맡긴다'(메리 올리버의 시 「야생거위」 중에서)는 말에 기대어, 그러한 믿음으로 사는 일, 쓰는 일에서 자신을 부추겨왔던 것 같다.

그러나 반석이라 여겼던 발밑이 허방이거나 늪이라 한들 배반감이나 실망을 느낄 일도 아니잖겠는가. 인생에 비밀, 비의 따위는 애초 없는 것인지도 모른다. 그런들 어떠한가. 없음을 찾아, 잊어버리고 말 것들을 찾아 일생 헤매고 끄달려 온 자신을 바라보는 것도 통쾌한 일이 아니겠는가.

나는 어떻게 쓰였는가

김인숙

1963년 서울 출생. 연세대 신방과를 졸업했다. 1983년 조선일보에 「상실의 계절」이 당선되어 작품 활동을 시작했다. 소설집 『함께 걷는 길』 『칼날과 사랑』 『유리 구두』 『브라스밴드를 기다리며』 『그 여자의 자서전』 『안녕, 엘레나』 『단 하루의 영원한 밤』, 장편소설 『핏줄』 『불꽃』 『79-80 겨울에서 봄 사이』 『긴 밤, 짧게 다가온 아침』 『그래서 너를 안는다』 『시드니 그 푸른 바다에 서다』 『먼 길』 『그늘, 깊은 곳』 『꽃의 기억』 『우연』 『봉지』 『소현』 『미칠 수 있겠니』 『모든 빛깔들의 밤』 『벚꽃의 우주』 등이 있다. 한국일보문학상, 현대문학상, 이상문학상, 이수문학상, 대산문학상, 동인문학상, 황순원문학상 등을 수상했다.

역사소설을 쓰면서 자료에 미친 적이 있다. 역사 속 실존 인물을 등장인물로 하는 소설은 당연히 자료와의 싸움이다. 자료는 수없이 많은 것을 이야기해주고, 또 더 많은 것을 이야기해준다. 마치 땅속에서 보석을 캐는 것과 같다. 처음에는 맨흙을 파지만 곧 자잘한 것들이 나오고, 그 자잘한 것들을 쫓다 보면 엄청난 것이 나오기도 한다. '심봤다!' 한국에서는 이런 표현을 쓴다. 한국에서 산삼을 캐는 일은 다이아몬드나 광산이나 금맥을 쫓는 것이나 같다. 소설을 쓰면서 자료를 캐는 것도 마찬가지다. 엄청난 자료의 숲속에서 '산삼'을 발견하는 순간, 마치 그것만으로 이미 내 소설이 불후의 명작이 된 기분이다. 그러니 어찌 하늘을 향해 소리를 지르지 않을 수 있겠는가.

"심봤다!"

그런데 이런 작업을 계속하다 보면 차츰 내가 소설을 쓰고 있는 것인지, 아니면 자료만 찾고 있는 것인지 의심을 하는 지점에 이르게 된다. 그러니까 산삼을 찾고 있나, 아니면 산삼을 찾는 일에만 미쳐 있는 것인가, 하는 의문. 이런 생각을 할 즈음이면 이미 내 신경증적인 증상을 알아채고 있다는 것인데, 내가 찾은 자료가 모두 산삼처럼 보이며, 그 어떤 사소한 자료도 손에서 놓을 수가 없는 지경에 이르러 있다는 것이다. 한 줄을 쓰기 위해서 백 권의 고서적을 읽었다, 만일 내가 이렇게 말한다면 그것은 내 성실성과 완벽성을 설명하기보다 신경증적인 집착을 말하는 것이기 쉽다.

소설은 자료가 아니다. 자료는 아무리 강조해도 부족하지 않을 만큼 중요하지만, 그렇다고 해도 그것은 소설이 아니다. 소설은 사람들의 이야기이며, 그것도 살아 있는 사람들의 이야기이다. 자료로 빼곡 차서 움직일 곳도 없는 공간에서가 아니라, 상상력의 여백 속에서 우주를 유영하듯이 움직이는 인물들의 이야기이다. 이미 오래전에 죽은 인물들도 소설 속에서는 살아 움직이고, 실수하고, 역사 비평가의 말과는 전혀 다른 행동을 한다. 아무리 진지한 임금도 농담을 하고, 아무리 잔혹한 왕비도 사랑 때문에 눈물을 흘리고, 가장 위대한 장군도 때로는 비열한 실수를 한다. 사람이기 때문이다. 소설은 그들의 역사성에 존재의 숨결을 불어넣는 것이다.

내 역사소설 『소현』의 후기 일부분을 좀 길게 인용하자.

 인조가 자신의 아들인 소현세자를 살해했는지 아닌지는 내
관심사가 아니다. 그랬을 수도 있고 그렇지 않았을 수도 있으
리라. 작가로서 내가 관심을 갖는 것은 그랬을 수도 있을 거라
고 믿어지는 정황들이다. 그러한 정황 속에 스며있는 아비의
고독이며, 또한 그 아들의 고독이다.

 실재했던 역사의 실존했던 인물을 내 소설 속으로 불러들이
는 일이 결코 쉽지 않았던 것이 사실이다. 고증이나 그 시절의
풍경을 되살려내는 일이 문제가 아니었다. 내가 그를 위해 할
수 있는 일이 없다는 것, 나는 다만 이해하고 상상하기만 할
뿐이라는 것, 나는 그를 죽일 수도 살릴 수도 없다는 것……
그런데 역설적으로도 상상력은 이때 극대화되었다. 상상하
지 않으면 아무 것도 가능하지 않았기 때문이었다. (김인숙, 『소
현』, 자음과모음, 2010.)

 나는 지금 '나는 어떻게 쓰는가'에 대해서 쓰고 있다. 이
제목은 좀 당혹스럽다. 어떻게 쓰다니……. 누군가는 엉덩이
로 쓴다고 말을 한다. 줄곧 앉아서 쓴다는 말이니 소설이 집
중력과 성실성을 요구하는 작업이라는 뜻일 터이다. 그러니

까 여기서는 엉덩이라는 단어가 중요한 게 아니라 엉덩이를 붙이고 앉아 자신의 존재 전체를 소설 속에 쏟아붓는 것이 중요하다는 말일 터이다.

이런 식으로 나도 말을 해본다면, 나는 이렇게 말하겠다. 처음에는 손으로 썼고, 그다음에는 수동 타자기로 썼고, 그 후로는 전동 타자기를 거쳐 XP 컴퓨터부터 모든 사양의 컴퓨터로 썼다고. 지금 나는 맥북에어를 사용하고 있으며 아이패드를 보조로 쓴다. 이 오래된 도구의 역사 중에 기억에 남은 두 가지 일화가 있다. 방을 두 개로 나누어 판자로 가로막아 놓은, 그래서 벽이라고도 할 수 없는 벽을 가진 자취방에서 전동 타자기로 소설을 쓸 때였다. 전동 타자기의 소음은 써보신 분만 아신다. 그 소리가 너무 커서 귀에 솜을 틀어막고 소설을 써야 했는데, 밤이면 내가 혹시 간첩으로 몰리지는 않을까, 농담 같은 걱정을 하기도 했었다. 타자기 소리 비슷한 게 나면 간첩이 무선교신을 하는 것일 수도 있다는 교육을 받고 큰 세대이기 때문이다. 신고를 당하지는 않았지만 옆방 사람이 나를 항상 수상한 눈으로 쳐다보았던 것은 사실이다. 그러면서도 그가 벽이 얇은 옆방에서 들려오는 그 엄청난 소음을 참아준 것은 그 역시 가난한 자취생이었기 때문일 것이다. 그즈음 내 소설의 주제는 가난과 사회적 불평등,

부조리 등이었다.

또 한 가지의 기억은 XP인가 286 컴퓨터를 쓸 때이다. 그 컴퓨터에는 자동저장 기능이 없었다. 모든 데이터를 스스로 저장해야만 했다. 몰두해서 원고를 쓰고 있는 와중에, 마치 세상이 끝나는 것처럼 컴퓨터가 나가버렸다. 당연히 소설도 날아가버렸다. 당시 세 살인가 네 살이었던 딸이 아장아장 걸어와 바닥에 놓여 있던 컴퓨터 본체의 전원을 꺼버렸던 것이다. 세상이 끝나버린 것 같은 충격에 빠진 엄마를 쳐다보는, 세상에서 가장 사랑스러운 내 딸의 눈이라니. 저걸 때려줄까, 생각했을 것이다. 분명히 그랬을 것이다. 날아간 소설을 어떻게든 복구해보겠다고 여기저기 전문업체를 찾아다녔던 기억이 난다. 그냥 찾아다닌 게 아니라 울면서 찾아다녔다고 말해도 무방할 것이다.

도구에 대해서 말을 했으나, 소설이 자료로 쓰이는 것이 아닌 것처럼 도구로 쓰이는 것은 아니다. 굳이 말할 필요도 없는 사실이다. 종이와 나, 혹은 자판과 나 사이가 바로 소설이다. 그것은 상상력이며, 그 상상력이 품고 있는 진실이다. 그러나 나의 상상력이 진실한 것인지 누가 알 수 있나. 내 상상력이 비천하거나, 조금 무지한 것은 상관없다. 나는 내 소설이 비천하고 무지한 것을 감당해야 할 것이다. 그러나 진실하지 못한 것은 곤란하다. 곤란한 정도가 아니라 저질러져서는 안 될 잘못이다.

　어떤 소설은 내 집이 아닌 곳, 내 나라가 아닌 곳에서 썼다. 중국에서 몇 년 동안을 살았었다. 중국으로 떠날 때 몇 개의 원고 청탁을 가지고 떠났고, 도착해서도 청탁을 받았다. 중국 관련인 것도 있었고 그렇지 않은 것도 있었다. 나는 당분간은 중국에 관해서는 쓰지 않겠다고 생각했었다. 최소한 소설은 쓰지 않을 것이라고 생각했었다. 낯선 곳이 주는 흥분과 자극을 짐작할 수 있었기 때문이다. 중국에서 살기 시작한 후, 얼마 동안 과연 나는 다소간 흥분상태였다. 새로운 것들이 너무 많았다. 중국이란 나라 자체가 우선 새로웠지만, 그것만이 아니라 내 삶 전체가 그랬다. 당시 중학생이던 아이가 기숙사에 들어가면서 내 삶은 온전히 싱글인 삶이 되었고, 중국어를 배우기 위해 다닌 학교에서는 십 대, 이십 대의 친구들이 생겼다. 십 대의 짝꿍이 한밤중에 전화를 걸어와 시험범위를 물어보기도 했다. 삶의 형식이 달라지자 질도 달라지는 것 같았다. 한마디로 표현할 수는 없지만, 짜릿했다. 그랬던 것 같다.
　당분간 중국에 관한 글은 쓰지 않겠다고 생각했던 것은 내 이런 흥분상태를 알았기 때문인데, 이런 상태에서 소설을 쓰면, 내가 알고 있는 것 이상을 생각하지도, 상상하지도, 느끼지도 못할 것 같아서였다. 아니면 내가 아는 것이 전부인 것처럼 쓰게 될 것 같았다.

그런데 당분간이란 얼마의 기간을 말하나. 살기 시작한 지 반년을 넘기지 않고, 실은 넘기지 못하고, 단편소설 하나를 썼다. 「바다와 나비」라는 제목의 소설이다. 한국에 오기 위해 늙은 한국 남자와 결혼을 하는 조선족 여자가 등장하는, 당연히 중국이 배경인 소설이다. 이 소설에는 그 몇 달 동안 내가 중국에서 겪었던 일들이 구석구석 들어가 있다. 한국에서는 보지 못했던 꽃을 보았을 때 느꼈던 '어머나!' 하는 기분, 중국 거리의 맥도날드에 앉아 한국의 맥도날드를 떠올릴 때의 느낌, 한국인 상점, 조선족 마을 등등. 하고 싶은 말이 너무 많았다. '당분간은 쓰지 않겠다'던 내 각오가 다시 떠올랐고, 이 소설을 너무 빨리 쓰고 있는 건 아닌가 걱정이 됐다.

나중에 이 소설이 중국어로 번역될 때의 일이다. 번역자와 이야기를 나눌 기회가 있었는데, 어떤 부분이 가장 어려웠는지 물었을 때 그의 대답이 예상 밖이었다. 내 소설 속에서 중국인이 잘못된 중국어로 말하는 것을 어떻게 번역해야 할지

곤란했다는 것이다. 이 번역자가 번역을 하기 전에 물어봐줬으면 그의 고민을 한 번에 해결할 수 있었다. 그건 내 실수예요, 라고 말하면 그만이었다. 그건 캐릭터의 문제가 아니라 나의 문제라고 말이다. 내 형편없는 중국어 실력이 내 소설 속 중국인을 자기 나라 말도 제대로 못하는 사람으로 만들어버렸던 것이다.

이 사소한 실수는 사실 소설 전체에 크게 영향을 미치는 부분은 아니다. 스스로를 변명하는 투로 얘기하자면, '십 원'을 '십 원원'이라고 말하는 식의 오타에 가까운 실수였다. 그러나 다른 부분들은 어땠을까. 대사의 문제도 아니고, 묘사의 문제도 아니고, 상상력의 진실성의 문제라면. 혹시 나는 중국이라는 공간을 빌려다 썼을 뿐, 그 공간의 상상력에는 미치지 못했던 것이 아닐까.

어느 정도 시간이 흐른 후에 나는 이 질문에 대해 스스로 답변을 내릴 수 있었다. 그 소설은 그때 썼어야만 하는 소설이라고. 소설에는 공간의 상상력만 있는 것이 아니라 시간의 상상력 또한 있으므로. 만일 내가 몇 년 후, 중국을 완전히 떠날 때쯤 그 소설을 썼다면 그 소설은 같은 제목, 같은 줄거리의 완전히 다른 소설이 되었을 것이다. 소설은 주인공들의 이야기면서 또한 나의 이야기이므로. 나의 시간이 달라진 것은 어떻게 해도 복구할 수 없는 일이다. 그 몇 년 동안 중국에 대한 설렘이 사라지고 애정은 깊어진 반면 환멸도 생겼다. 그리고 내가 몇 살쯤 더 나이가 들었다. 너무나 많은 것이 달라져버린 것이다.

내 집 근처에는 해마다 꽃 축제가 열리는 공원이 있다. 산책을 자주 하지는 않는다. 날씨 좋은 날 산책하는 것은 내가 가장 좋아하는 일 중 하나지만 게으름이 여러 가지 이유를 만들기 때문이다. 그래도 어쩌다 산책을 하면 계절마다 달리 피어 있는 꽃들에게 혹하게 된다. 저 꽃은 무엇으로 살까, 하는 생각을 한 적이 있다. 하루를 피어 있어도 하루가 전생(全生)이고, 한 계절을 피어 있어도 한 계절이 전생인 꽃들은, 저토록 치열하게 색을 뿜어내야 하는 꽃들은, 저 가녀린 꽃잎으로 우주 전체를 지탱하고 있는 꽃들은……. '꽃의 기억'이라는 제목으로 언젠가 소설을 한 편 쓰면 좋겠다 하는 생각을 스쳐지나가듯이 하기도 했다.

'나는 어떻게 쓰는가'라는 주제는 결국 '나는 왜 쓰는가'로 이어지지 않을 수 없다. 그러나 내가 이 글을 쓰는 이유가 적어도 '왜'라는 질문에 대해서는 대답할 필요가 없기 때문이라는 것도 밝혀야겠다. 같은 질문의 같은 대답일지라도, 질문과 대답 사이에는 여백이 필요하다. 행간이라고 말해도 좋을 것 같다. 꽃과 꽃의 기억 사이, 자판과 나의 사이, 기억과 환멸 사이, 존재와 허무 사이······. 나는 어떻게 쓰는가. 누군가에 물어보고 싶은 질문이다. 내가 내 소설 속에 완전히 쓰인 후, 나를 읽는 독자들에게 물어보고 싶은 질문이다. '나는 어떻게 쓰는가'가 아니라, '나는 어떻게 쓰였는가'라고.

내가 쓰는 이유

임철우

1954년 전남 완도 출생. 전남대 영문과를 졸업했다. 1981년 서울신문 신춘문예에 「개 도둑」이 당선되어 작품 활동을 시작했다. 소설집 『아버지의 땅』『그리운 남쪽』『달빛 밟기』『황천기담』『연대기, 괴물』, 장편소설 『붉은 산, 흰 새』『그 섬에 가고 싶다』『등대』『봄날』『백년여관』『이별하는 골짜기』『돌담에 속삭이는』 등이 있다. 한국일보창작문학상, 이상문학상, 대산문학상, 요산문학상, 단재상 등을 수상했다.

"당신의 소설은 유독 과거 어두운 시대, 비참한 역사적 사건을 소재로 한 것들이 많은데, 무슨 특별한 이유가 있습니까?"

독자들로부터 종종 그런 질문을 받곤 한다. 사실 내가 지금껏 써온 작품들을 얼추 따져보자면 그럴 만도 하다. 6·25전쟁과 분단, 밀실의 고문과 같은 정치적 폭력, 5·18광주민주화운동 등등. 물론 그와는 다른 소재의 작품들도 많이 있지만, 어쩌다 보니 독자들이 그나마 기억해줄 만한 게 대체로 그렇듯 무겁고 음울한 소재의 소설들이기 때문이다. 그때마다 나는 대충 이렇게 대답한다.

"당연한 일이지요. 그것이 내가 살아온 시대이고, 직접적이건 간접적이건 간에 내가 겪어온 일들이니까요."

사실 나는 꼭 어떤 특정한 시대나 사건 자체를 염두에 두고 썼던 건 아니다. 그건 작가보다는 역사학자나 사회학자한

테 더 적합한 작업일 것이다. 나는 사람들에 대해 쓰려고 했다. 어차피 같은 얘기 아니냐고 반문할지 모르지만, 나는 그 암울한 시대나 엄청난 사건에 휘말려 억울한 죽음을 당한 사람들, 여전히 고통을 안고 살아남은 사람들에 대해 얘기하고 싶었다. 이 세상에 소설이 필요하다면 그 중요한 이유 가운데 하나가 거기 있으리라 믿었기 때문이다. 실제로 내 소설의 인물들 중엔 직접적으로건 간접적으로건 내가 알고 있는 사람인 경우가 많다.

어떤 의미에서 작가란 샤먼과 매우 흡사한 존재가 아닌가 생각한다. 세상의 폭력과 불의에 의해 죽임을 당하거나 삶을 훼손당한 이들, 그 분노와 한을 가슴에 안은 채 영육이 함께 병든 이들, 그럼에도 세상 어디에도 호소할 방법이 없는 약자들, 그들을 위해 샤먼은 기꺼이 망자의 넋을 자신의 몸 안에 불러들여 함께 노래하고 춤추며 곡진한 위로를 베풀어준다. 억울하게 죽은 이들이야말로 어느 누구보다 할 말이 많은 법이다. 마찬가지로 아직 살아 있되 입이 없는 세상의 약자들 또한 그러하다. 그러기에 차마 발설되지 못한 그들의 언어, 울음, 비통한 탄식과 절규로 지금 세상은 온통 가득 차 있는지도 모른다. 예로부터 샤먼이야말로 그들을 대신해줄 '산 자의 입'이었다.

소설가도 어차피 그와 비슷한 존재가 아니던가. 과거와 현재, 기억과 망각, 죽은 이와 산 자, 고통과 화해, 그 단절된 두 세계의 중간에 위치하여 언어(문학)를 통해 둘 사이에 문을 열어주고, 끈을 잇고, 통로를 뚫어주려 애쓰는 자들. 고통과 절망, 슬픔과 증오에 찬 이들의 말과 이야기를 대신하여 직접 입으로 토해내기도 하는 자들.

나는 어쩌다가 글을 쓰는 직업을 가지게 되었을까. 가끔은 내 자신도 의아하게 여겨질 때가 있다. 막연하게나마 작가가 되겠다는 생각을 해본 것은 아마 중학생 때였던 것 같다. 우리 집엔 제법 책이 많은 편이었는데, 어째선지 그 대부분이 소설이었다. 한국문학작품은 물론 번역본 외국소설, 무협지, 역사소설 등등 닥치는 대로 읽어대던 시절이었다. 그러다 어느 날 문득 내 안에도 뭔가 이야기가 꽤 많이 들어 있다는 느낌이 들었다. 그 어린 나이에 특별한 '할 말' 따위를 얼마나 갖고 있었겠는가마는, 지금 돌이켜 보자니 나름대로 그럴 만한 이유가 있었다.

유년기의 어떤 특별한 체험을 흔히 원체험이라고 부른다. 그것은 아직 원형적이고 미형성 된 상태에 머물러 있지만, 장차 그 사람 생애 전체의 테두리가 될지도 모를, 어떤 희미한 밑그림에 해당하는 근원적 체험일 터이다. 내 경우에는 특별히 두 가지의 원체험을 들 수 있겠는데, 하나는 외로움이고 다른 하나는 공포다. 전자는 개인적 자아, 후자는 사회적 자아와 관련된 것이다. 그 두 가지는 훗날 나 자신의 개인적 삶은 물론 작가로서의 세계관에도 결정적인 영향을 끼친 문제였다.

나의 출생지는 남해안의 작은 섬이다. 전기도 없어 호롱불을 켜놓은 채 저녁밥을 먹고, 자동차는커녕 손수레 한 대 구경할 수 없는 낙후되고 가난한 섬. 가장 가까운 육지의 포구까지는 하루 한 차례 다니는 여객선으로 두 시간 남짓 걸릴 정도였다. 그곳에서 세 살 때부터 열 살 때까지 나는 줄곧 부모와는 따로 떨어져 살았다. 직장 때문에 아버지는 육지에서 이곳저곳 옮겨 다녀야했으므로, 일곱 명이나 되는 자식들 중 셋을 섬의 노부모 밑에 남겨둬야 했던 것이다. 섬에 남겨진 셋 중에서 하필 내가 가장 어린 나이였다.

육친의 정이 절대적으로 필요한 유년기에 그것을 아예 통째로 잃어버린 셈이어서 나는 당연히 내내 외로웠다. 열 살 되던 해에 조부모와 함께 광주로 올라와 비로소 가족이 한데 모여 살게 되었지만 나는 부모의 얼굴마저 낯설고 형제들

임철우 35

조차 낯설게 느껴져 적응하는 데 무척 힘이 들었다. 그 지독한 외로움은 내가 태어나 맨 처음 온몸으로 뼈저리게 익혀야 했던 감정이었다. 그것은 이후 성장과정 내내 나에게 부정적 영향을 미쳤고, 지금 이 나이까지도 내면 깊은 자리에 여전히 다 치유되지 못한 그늘로 남아 있다.

또 하나의 원체험은 공포심이다. 내가 자란 섬을 포함해 인근 도서 지역은 전쟁의 피해가 특별히 극심했다. 내가 태어난 건 휴전 이듬해였으므로 나는 분명 전후세대에 속한다. 그럼에도 나는 마치 당시에 직접 전쟁을 겪은 것 같은 착각이 들 정도로 생생한 기억들을 많이 가지고 있다. 조부모를 비롯해 어른들의 입을 통해 숱하게 들었던 이야기들 덕분이다.

그중 대표적인 게 보도연맹학살사건이다. 전쟁이 발발하자 파죽지세로 밀고 내려오는 인민군의 기세에 밀려 국군은 부산과 마산 일대까지 후퇴한다. 그러나 이때 전라남도 경찰 병력의 절반은 군에 합류하지 않고, 국토의 서남쪽 끝인 완도까지 내려와 섬을 접수한다. 이 과정에서 경찰은 완도군 관내에 흩어져 있는 수십 개의 섬으로부터 일찌감치 보도연맹원 수백 명을 소집시킨 다음 한 중학교 건물에 임시 수용

했다. 그리고 경찰은 이틀 만에 그들을 배에 태우고 나가 바다 한복판에서 한꺼번에 사살하여 수장시켜버렸다. 이들 중엔 좌익 전력을 지닌 자들 외에도 사상과는 전혀 무관한 사람들이 다수 포함되어 있었다. 보도연맹 창설 당시 정부에서 각 지역단위로 가입자 할당량을 강제로 정해준 까닭에, 지역 경찰서에선 인원을 채우고자 임의로 엉뚱한 이들까지 명단에 올려놓은 경우가 많았기 때문이다. 이와 유사한 학살극은 당시 전국적으로 숱하게 많았고, 추정된 희생자만 대략 30만 명에 달한다.

충격적인 것은 당시 읍내로 진입할 때 경찰은 일종의 기만적인 위장 연극을 벌였다는 사실이다. 경찰은 이미 며칠 전 읍내를 완전히 접수한 상황이었음에도, 어느 날 첫새벽 인민군이 급습해 읍내로 진격해 들어오는 것처럼 위장하여 일대 소동을 벌였다. 이에 속아 넘어간 상당수 주민들은 단잠에 취해 있다가 얼떨결에 '인민군 만세'를 외치며 뛰어나왔다. 그들 중엔 소위 좌익분자뿐만 아니라 단지 목숨을 부지해야겠다는 욕심에 제 발로 뛰쳐나간 사람도 많았다.

이른 아침 읍내 전체 주민 수천 명은 하나같이 겁에 질린 얼굴로 학교 운동장에 집결했다. 운동장 중앙엔 이미 새끼줄로 구획이 나뉘어져 있었고, 적으로 위장한 경찰은 주민들을 좌익과 우익으로 성향을 판별하여 새끼줄 양쪽으로 나누어 놓았다. 판별작업을 마친 뒤 마침내 경찰은 어설픈 인민군 복장을 벗어던지고 스스로 정체를 드러냈다. 그 한순간에 수백 명의 생사는 완전히 뒤집혀버렸다. 점령군을 환영하러 뛰어나왔던 이들은 죽음으로 내몰리고, 관내 유지들과 공무원 및 그 가족들은 지옥에서 극적으로 벗어나게 되었다. 그것은 그야말로 기막힌 한 편의 막장드라마였다. 수천 명의 목숨을 손바닥에 올려놓고 한바탕 벌인 기괴하고도 무시무시한 연극이었다.

어린 시절 내내 나는 읍내에서 일어났다는 그 기이한 집단 연극에 대한 이야기를 수없이 들었다. 삼십 호에 불과한 우리 마을에서도 당시 그 사건으로 두 사람이 불려나가 억울한 죽음을 당했다. 그 이후 경찰과 인민군이 번갈아가며 점령하는 과정에서 우리 섬에서도 역시 피바람이 몰아쳤다. 수많은 사람들이 영문도 모른 채 목숨을 잃거나 행방불명되었다. 내 유년기는 이미 전쟁이 끝나고 난 후였지만, 섬사람들은 몇 년 전의 그 기억을 어제 일처럼 생생히 기억했다. 신문도 라디오도 없는 고립된 섬마을의 주민들에게 그것은 여전히 진행중인 고통스런 현실이나 마찬가지였다. 탁월한 이야기꾼이었던 조부의 무릎에 누워서 나는 어른들이 은밀히 주고받는 온갖 이야기에 귀를 기울이곤 했다. 마을 앞바다로 떠밀려온 이름 모를 시신들, 더러는 손발이 굴비 두름 엮이듯 엮여 여러 명이 한데 떠다니는 걸 마을 어른들이 배를 타고 나가 뭍으로 건져 올려 해안가 모래밭에 가매장을 했다. 그 소문을 듣고 시신을 확인하겠노라 인근 여러 섬에서 사람들이 끊임없이 찾아왔다. 다들 가족을 잃은 사람들이었다.

어린아이 특유의 풍부한 상상력을 통해 그 모든 것들은 마치 몸소 겪은 일인 듯 생생하게 느껴졌고 내게 엄청난 공포심을 안겨 주었다. 내 눈앞에 도사린 세상은 폭력으로 가득 찬, 위험천만하고 야만적이고 피냄새 눅진한 세계였다. 아직 한 번도 가보지 못한 육지, 어른들의 세계, 장차 내가 만나게 될 미래, 그 모든 것들이 하나같이 무섭고 끔찍하게만 느껴졌다.

돌이켜 보니, 그 막연하면서도 압도적인 공포심은 나로서는 더 넓은 세상에 대한 원체험이자 최초의 사회적 자아를 형성하는 데 핵심적인 요소가 아니었나 싶다.

실제로 그 이후, 나는 폭력의 맨 얼굴을 지겹도록 확인하며 성장했다. 한국전쟁을 겪은 앞 세대 못지않게, 우리 세대 역시 가혹한 폭력의 시대와 폭력의 공간을 통과해온 불행한 세대였다. 나의 유년기에서부터 청년기까지는 내내 박정희 군사정권의 엄혹하고도 암울한 시대였다. 초등학생 때 "우리는 반공을 국시의 제 일의로 삼고……"로 시작되는 〈혁명공약〉을 방과 후에 교실에 남아서 암기했고, 중학생이 되어선 "우리는 민족중흥의 역사적 사명을 띠고 이 땅에 태어났다……"로 시작하는 〈국민교육헌장〉을 달달 외우지 못해서 담임선생한테 손바닥에 회초리를 맞았다. 60년대와 70년대 초까지는 형들이 베트남전에 파병되는 걸 지켜보았고, 대학 2학년 가을에는 '10월 유신' 때문에 전국 대학에 휴교령이 내려져 아예 한 학기를 통째로 가정학습으로 보냈다. 그해 봄엔 수업중인 강의실에서 내 옆자리의 친구가 형사들에게 연행되는 모습을 지켜보아야 했고, 며칠 후 소위 '민청학련 사건'이라는 조작극에 의해 친구들과 선배들이 줄줄이 재판정에 끌려 나가 7년, 15년, 무기형을 받았다는 뉴스를 들었다. 대학 교정엔 잠바 차림의 형사들이 상주하고, 신분을 위장한 경찰 프락치가 강의실에서 우리와 함께 수업을 받았다. 그야말로 온 나라가 병영이자 구치소나 다름없는 흉흉한 시절이었다.

그게 전부가 아니었다. 군복무를 마치고 대학에 복학한 나는 마침내 광주에서 5·18광주민주화운동을 겪게 되었다. 그 열흘 동안의 참상을 차마 말로 다할 수는 없다. 그것은 짐승의 시간, 야만의 시간, 지옥의 시간이었다. 죽음이 돌멩이처럼 흔하고 악마와 천사가 길바닥에서 한 덩어리로 뒤엉켜 피를 흘렸다. 버림받은 도시에 갇힌 채 견뎌내야만 했던 그 열흘의 시간은 그 도시 시민들에겐 영원히 지울 수 없는 슬픔과 분노의 상처로 남겨졌다. 이윽고 악몽의 시간이 끝났을 때, 승리한 살인자는 절대 권력자로 등장했고 무지몽매한 국민 대다수는 그 도시 사람들에게 오랫동안 폭도라는 누명을 씌운 채 차갑게 등을 돌렸다. 그 기막힌 현실을 목도하면서, 나는 소설을 쓰겠노라고 처음으로 결심했다. 내 안에는 할 말이 너무나 많았고, 그것을 토해내지 않으면 당장 미치거나 심장이 터져 죽어버릴 터였다.

적어도 그때 내게 소설이란 그런 의미였다. 이 세상에 가득 찬 침묵의 언어. 발설되지 못한 채 허공을 떠도는 무수한 익명의 육성들. 천지간에 가득한 통곡과 탄식과 신음소리들. 소설 쓰기란 그것들을 이야기로 걸러내어 누군가에게 전해주는 일이라고 나는 믿었다.

엉망으로 쓴다

구효서

1957년 강화도 출생. 1987년 중앙일보에 「마디」가 당선되어 작품 활동을 시작했다. 소설집 『확성기가 있었고 저격병이 있었다』 『깡통따개가 없는 마을』 『시계가 걸렸던 자리』 『저녁이 아름다운 집』 『별명의 달인』 『아닌 계절』, 장편소설 『늪을 건너는 법』 『라디오 라디오』 『비밀의 문』 『내 목련 한 그루』 『나가사키 파파』 『랩소디 인 베를린』 『동주』 『타락』 『새벽별이 이마에 닿을 때』 등이 있으며, 산문집 『인생은 지나간다』 『인생은 깊어간다』 등이 있다. 한국일보문학상, 이효석문학상, 황순원문학상, 대산문학상, 동인문학상, 이상문학상 등을 수상했다.

요즘 '나는 더 어둡지만 덜 재미없는 세계로 들어갔다.' 그런데 등단 이전부터 지켜봐온 가장 가까운 친구며 애정 어린 독자가 '더 재미없어졌다'고 말한다. 그래도 나는 계속 그렇게 쓴다.

저 따옴표 안의 문장을 쓴 이는 사르트르일 것이다. 저런 멋진 말을 나는 할 줄 모른다. 사람은 누구나 덜 재미없는 쪽으로 가게 돼 있고 나도 그렇다는 말을 하려는 것뿐이다. 그런데 오랜 친구는 더 재미없다고 말한다. 사르트르를 재미로 읽은 적이 없다고 고백한 친구니까 친구에게는 일관성 같은 게 있는 걸까.

말을 하다 보니 내 소설이 사르트르에 근접하고 있다는 식으로 읽힐까봐 슬슬 겁난다. 그런 건 아니고, 그러고 싶지도 않고, 단지 나는 덜 재미없어서 그렇게 쓰는데 친구는 더 재미없어졌다고 말해서 재미란 무엇일까 궁금해졌다는 얘기다.

친구만 그러는 게 아니라 독자들도 요즘(2013년 이후를 말한다)의 내 소설을 안 읽는다. 비평에 언급되지도 않고 책이 팔리지도 않으니 어렵지 않게 그 사실을 알아차릴 수 있다. 조금 이상한 것은 소설 청탁과 출판계약이 줄지 않는다는 점이다. 2013년 이전으로 다시 돌아가 써달라는 걸까? 모르겠으나 더 모를 것은 친구와 독자의 무심한 반응을 아랑곳하지 않는 나다. 내가 재미있으면 전부지, 그런 건가?

그동안 무슨 재미로 소설을 써왔던가. 변덕 부리는 재미가 아니었다면 계속 쓰지 못했을 것이다. 이번에는 이렇게 써봐야지, 다음에는 저렇게 써봐야지. 끝없이 소설을 쓰도록 유혹했던 게 있다면 그것이었을 것이다. 변덕의 심보 혹은 심술.

형식에 관련해선 '어떻게(How)'의 탐구라고 고상하게 말할 수도 없겠다. '어떻게'에 따라 내용에 관련한 '무엇(What)'이 달라지기는 하지만 '무엇'에 따라 '어떻게'도 달라지기 때문에 결국 그 둘은 닭과 달걀의 관계와 다르지 않아서 어느 쪽의 문제가 더 근본적이냐를 따지는 것은 무용하다. 서로는 서로의 원인이며 결과이기 때문이다.

그런데 우리 앞에는 번연히 닭과 달걀이 있어서 따지기 좋아하는 사람들의 취미를 나쁘다고 할 수 없고, 둘 중 한쪽의

맛을 더 선호하는 취향을 말릴 수도 없다. 다만 닭이 달걀보다 먼저라는 사실을 인정하지 않으면 사람의 목을 비틀거나 닭은 괜찮은데 달걀을 먹으면 일주일을 굶기겠다는 협박은 나쁜 것이어서 말려야 한다.

협박에는 협박으로 맞설 수 있고 총과 칼로 대응할 수 있겠지만, 가진 재주가 변덕과 심술뿐인 사람이라면 그것으로라도 상대의 혼을 빼야 하지 않을까. 반협박의 협박, 반폭력의 폭력이라는 것도 있으니 아무래도 총과 칼보다는 변덕과 심술이 그중 비협박적이고 비폭력적인 것 같다. 진정한 변덕은 자신마저 부정하고 배반하니까 일정한 의미나 가치에 머무르지 않는다. 대상을 어지럽게 흔들어 붕괴시키는 힘이 있되 자멸하는 속성까지 갖춰 변덕은 파괴의 주체며 대상이라는 매력이 있다.

다시 말해서 목을 비틀고 밥을 굶기는 것처럼 협박과 폭력의 모습이 분명하다면 모르겠으나 사랑과 평화, 봉사와 헌신이라는 이름의 협박과 폭력이라면 문제와 대응의 차원이 달라진다. 그리고 〈나라야마 부시코〉나 〈서편제〉에서 보듯, 산 사람을 갖다 버리거나 눈을 멀게 하는 폭력 안에 인류학으로는 감당하기 힘든 자연과 우주의 비폭력적 순환이 도저하게 자리하고 있는 것이다. 사랑은 사랑이되 사랑이 아니기도 하고, 폭력은 폭력이되 폭력이 아니기도 하다. 어쩌라는 것인가.

어떻게 할까. 무엇을 할까. 어떻게 쓰고 무엇을 쓸까. 이것은 같은 질문이며, 이에 대한 답은 너무 쉽다. 무엇도 하거나 쓸 수 없다는 것. 일견 진지한 듯 보이지만 나는 심술 사납게 말장난을 하고 있다. 장난을 쳐서 미안하지만, 장난을 치지 않고는 한 마디도 할 수 없다. 사랑은 사랑이되 사랑이 아니라는 말도 전적으로 말장난이다. 내 말만큼은 장난이 아니라고 말하는 사람이 가장 위험한데 그 스스로 자신의 위험성을 모르기 때문에 더 그렇다. 말로써 보장될 것은 아무것도 없는데 모든 것을 말로 보장할 수밖에 없는 세계에 살아야 하므로, 우리는 끔찍하다. 더구나 소설가는 그 끔찍한 세상 안에서 말로 살고 말로 먹고 말로 존재한다. 그러니 소설가는 태초에 말씀이 있었으니 오직 믿고 의지할 것은 말이오 그로 인해 천국에 이르리라 말하거나, 아니면 끝장은 나지 않더라도 이 말이 무엇인지 묻고 따지고 의심하는 것으로 한평생 다 보내거나 해야 할 것이다. 어느 편을 고수하든 고수하는 한 그게 그거겠지만 말이다. '모름지기 이래야 하는 것 아니냐'는 태도에서는 두 쪽 다 다를 게 없으니까.

그런데 나에게는 좀 비겁하고 투미하고 기회주의적이며

회색분자적인 변덕의 특이성이 있다. 눈치 보고 망설이며 구제불능의 우유부단을 구현하는 찬란한 소심함. 더 나아가 내 말은 빗겨가고 도망치고 훼방 놓으며 아랑곳하지 않아 모호하다. 다른 사람의 말과 나 자신의 말을 무력화하고 불구로 만들며 몰라 몰라 무책임하면서도 부끄러워하지 않는 심보가 있다. 그런 말이라야만 태초와 지금을 장악한 철통같은 '말씀의 세계'에서 내뺄 수 있거나 그 삼엄한 경계망을 갉아 구멍을 내고 들쥐처럼 바깥세상을 몰래 드나들 수 있다고 생각하는 모양이다.

재미의 실질적 기원은 없는 것이며 있다면 재미라는 '말'일 것인데, 다 알다시피 모든 말은 저 홀로 뜻이 없어 다른 말에 기대거나 비교되어 뜻을 갖는다. 기대거나 비교되는 말에 따라 늘 달라지는 것이 말이라는 얘기인데, 기대거나 비교될 말도 끝없이 달라지니 원.

무명천지지시(無名天地之始)요 유명만물지모(有名萬物之母)라더니, 이름이라는 것이 없을 때가 세상의 처음이었다면 이름이 생기면서 비로소 그것이 만물의 바탕이 되었노라는 노자의 생각이다. 그러니 그분도 기원전 6세기에 이미 이름이 먼저고 만물은 나중이라는 묘한 말씀을 하신 셈이다. 지금 세상은 그러니까 온통 이름, 즉 기호뿐이라는 말씀. 재미든 감동이든 슬픔이든 기쁨이든 무엇이든.

그 알맹이는 없거나 모르니 허망하다. 그것이 정말 끝내 없거나 모를 것이라면, 허망해할 필요 없는 허망함이다. 허망해서는 안 된다고 몸부림치는 사정만 허망할 뿐이다. 어쩌면 우리는 허(虛)와 망(妄) 때문에 사는지 모른다. 허와 망 때문에 쓰는지 모른다. 이미 가득 차서 빈틈이 없다면 더 이상 무엇을 알려 하고 더 이상 무엇을 쓰려 하며 더 이상 무엇을 살려 하겠는가. 기껏 그것을 깨려고나 하겠지.

재미없고 감동적이지 않다고 해도 아랑곳 않기로 했다. 괴이쩍은 말로 거짓을 마구 늘어놓거나 끝내는 자기마저 기만하는 말이 이제는 나의 힘이다. 쓰고 사는 힘이다. 질문과 분노, 비극과 허망함 없이는 앞으로 나아갈 수 없는 황홀한 저주의 덫에 걸렸다. 모를 것에, 텅 빈 것에 냅다 주먹질하는 섀도복싱이 나의 글쓰기여서, 허공이었던 것이 알 수 있는 것으로 가득 차는 순간 주먹질은 불가능해진다. 나를 뜨겁게 쓰고 살게 하는 것은 불신과 상실과 결핍이라는 이름의 허공.

주먹질이라고 했으나 실은 별로 몸을 움직이지는 않는다. 세상을 보고 그리되 내가 보지 않고 세상이 나에게 들어오길 기다린다. 내 생각이 바깥을 향해 나가 사물에 부딪혀 되돌아오는 '부메랑식 보기'가 아니라, 사물 자체에서 출발한 정보들이 나에게 도달하도록 기다리는 것이다. 이 기다림이 가능할까. 가능하려면 먼저 나의 사유를 붙들어두는 것이 가능해야 한다. 쓰는 것을 사유가 작동하지 못하도록 붙드는 일로 삼아야 한다. 눈만 있고 뇌가 없는.

부메랑식 쓰기는 대상을 그리는 것이 아니라 내 생각을 대상에 투사해 받아들이는 것뿐이라서 민망한 자위행위에 지나지 않는다. 나는 나에게서 한 발짝도 못 나가고, 들어오려는 바깥마저 가로막는다. 안과 밖, 나와 대상이 분리돼 있기 때문이기도 하다.

그런 거 당분간만이라도 없애볼 수 없을까. 그러려면 인과와 개연 따위에도 구애받지 말아야 하며 그것은 결국 시공간의 존재 좌표를 지우거나 나를 그 좌표로부터 자유롭게 놔두는 일로 이어져야 할 것이다. 그러면 소설 속 인물이 시공간의 제약에서 자유로워지며 소설 속 시공간이 인물의 행동으로부터 무관하여 자유로워지겠지. 서로 그러겠지. 서로 놓아주는 것이다. 결국 엉망이 된다는 말이다. 천, 지, 인. 시간, 공간, 인물이 서로 구속하지 않거나 구속당하지 않으면 엉망이 되는 거니까.

그러나 엉망이 되지 않고 어떻게 변화할 수 있을까. 코끼리 찰흙 공작물을 연필꽂이 통으로 다시 만들려면 물을 넣어 엉망인 반죽 상태로 되돌려야 하니 말이다. 변화는 좋고 나쁘고를 떠나 유일한 필연이며 자신만의 이익과 권력을 위해 필연을 방해하려는 것(thing)들에 대한 정당한 대응이다. 그래서 샤갈과 칸딘스키의 엉망은 아마도 정당한 아름다움이 되었을 것이다. 그런 소설을 쓸 수 있으려면 권력자(someone)로부터 주입당하거나 자발적이라는 이름의 공부(교육기만)로 습득한 경험과 사유에 갇히지 않도록 작가는 자신을 강제해야 하며 그래야만 그것이 독자에게 새로운 사유를 강제할 작가의 권위가 될 수 있을 것이다.

사유를 통해서 보고 쓰려 하지 않으니 보이는 것들에 의미나 까닭을 부여할 리 없다. 보이는 모든 것은 작가나 독자에게 새로운 사유를 촉발하는 것이어야 하기 때문이다. 구성과 묘사와 응시 등이 맥락에 구애받지 않으며 인물 및 인물의 비중도 그러하다. 분량과 거리와 페이스 등이 내용적 비중에 비례하지 않는다. 말하자면 계속 엉망이다. 한눈팔기와 일탈과 파격에 유연해지고, 부질없고 하릴없는 개인과 군상을 주시한다. 벽시계나 손목시계를 버리고 개별 사물에 내재한 다양하고 고유한 시간성을 발견한다.

어려운 일이겠지만 당분간만이라도 소설과 함께 그래보고 싶다. 그래서 궁극적으로 맛보고 싶은 것은 아마 바깥세상의 공기일 것이다. '말씀의 세계'에서 내뺐을 때 닥치는 세상. 삼엄한 경계에 구멍을 내고 심술궂은 들쥐가 드나들고자 하는 세상.

누구는 말씀 밖의 세상은 없다고 하고 말씀 밖의 말씀도 없다고 하지만 나는 밖의 세상과 밖의 언어가 가능하다고 믿으며 그것이 곧 문학 언어라고 우기고 싶다(다행히 혼자 우기는 것이 아니라 앞에서 열심히 우기고 있는 분들이 있어서 나는 좀 따라할 뿐이다). 항공기로는 지구를 벗어날 수 없겠지만 로켓은 얼마든지 솟구칠 수 있지 않은가. 밖의 세상을 향하는 로켓의 언어가 시적 언어라는 건 두말할 필요가 없다. 그곳 세상에서의 글쓰기란 이미 있는 것을 모방하거나 반영하거나 표현하는 일이 아닐 것이다. 그 세상은 이미 '이미 있는 것'의 세상이 아니기 때문이다. 그 세상에서는 모든 것이, 이미 있지 않고 언제나 새로 합성되거나 만들어진다. 리얼리티라든가 존재라든가 진리라든가 아름다움이라든가 선이라든가 하는 것들이 모두. 합성(generation)은 멈추지 않는다.

우리는 인간이라서 보이는 것만 보고 말할 수 있는 것만 말하지만, 그렇다고 해서 보이는 것만 보고 말할 수 있는 것만 말하라는 법은 없다. 지구에 살던 우리가 어느새 호빵만큼 작아진 지구의 영상을 일상적으로 본다.

내가 나를 보려면 나에게서 벗어나야 한다. 나의 대기에서 벗어나보려고 로켓의 언어로 쓰고 읽는 것이 문학이겠지. 그 것을 잘할 수 있다면 최소한 안과 밖, 나와 대상이 둘인 세상 에는 갇히지 않겠지. 그러면 하나일까. 모르겠으나 그 무엇 도 멈추지는 않겠지. 그리고 보이는 것이 전부는 아니겠지만 보이는 것 없이 그 전부를 알 수도 말할 수도 없는 거겠지. 그러니 어쨌든 계속해보는 수밖에. 쓰는 수밖에. 아랑곳 않 고. 멈추지 않는 거니까. 그것이 돌이킬 수 없는 재미며 유혹 이니까.

언제, 어디서, 누가……
어떻게 쓰는지?

최 윤

1953년 서울에서 태어나 서강대 국문과와 프랑스 엑상프로방스대를 졸업했다. 1988년 광주민주화운동의 비극을 다룬 중편소설 『저기 소리 없이 한 점 꽃잎이 지고』를 《문학과 사회》에 발표하면서 작품 활동을 시작하였다. 소설집 『저기 소리 없이 한 점 꽃잎이 지고』 『회색 눈사람』 『속삭임, 속삭임』 『열세 가지 이름의 꽃향기』 『첫 만남』, 장편소설 『너는 더 이상 너가 아니다』 『겨울, 아틀란티스』 『마네킹』 『오릭맨스티』, 경장편 『파랑대문』 등이 있다. 동인문학상, 이상문학상 등을 수상했다.

마른 땅에 보슬비가 내리듯이, 건조하고 닫혔던 마음에 조금씩 설렘의 동요가 일어나며 한 편의 글은 시작된다. 마치 농부가 대기의 미세한 기운을 감지하면서 농작물과 교감이라도 하듯이. 때로는 한 문장이, 때로는 문단 전체가. 어떤 때는, 드물지만, 핵심이 되는 영상이 자리를 잡으며 그 설렘이 일어난다. 그것은 하나의 음계일 수도 있으며 무엇인지는 아직 알 수 없는 하나의 어조(톤)에 멈추기도 한다.

그러나 어느 순간 설렘이 구체적인 기쁨으로 연결된다. 글쓰기라는 희열. 그것은 시작과는 달리 곧장 긴 낙담으로 이어지기도 하지만, 글은 일단 이 부인할 수 없는 흥분어린 희열로 열린다. 첫 문장이 놓이고 글쓰기가 시작되면 폭풍과 같은 시간대로 빨려들듯 끌려들어 간다. 그때는 그 안에서, 무슨 일이 일어나는지, 매일 어떤 식으로 글이 진행되는지 구분이 가지 않는 시간이 된다. 상당기간 그렇게 머물다 보면 그곳에서 빠져나오는 시간이 어김없이 다가온다. 다행히도. 그렇게 그 작품과의 동거가 끝난다.

글쓰기의 시간은 자주 무시간이거나, 혹은 질량과 중력이 다른 예외적 시간이라는 생각을 한다. 글이 진행되는 동안에는 확실히 객관적이며 선적이고 여일한 그런 시간과는 다른 시간의 질을 경험한다. 안드레이 타르코프스키의 영화 〈솔라리스〉에는 죽음으로 헤어졌던 부부가 죽음이라는 실제와 한계를 뛰어넘은 어떤 무중력, 어떤 무시간대에서 만나 사랑의 능력을 회복하는 아름다운 장면이 있다. 한 소설을 쓰느라 작가가 빠져들어간 시간은 그 형질을 이성적으로는 설명할 수 없지만, 일단 글을 쓰고 그 시간대에서 빠져나오면서, 습관처럼 〈솔라리스〉의 그 장면을 떠올리던 그런 시절이 있었다.

이러한 시간의 농밀함의 경험은 사실 일상적인 삶에서는 자주 일어나는 것이 아니기에 글쓰는 직업을 가지게 된 것에 감사하는 마음이고 귀중하게 생각한다. 그 예외적인 시간 경험을 통해 삶의 시간에 다양한 층이 있다는 것. 삶 너머의 다른 시간대가 있을 수 있다는 것을 조금이나마 감지한다. 때로 소설 속에서 일어난 '그 일', '그 사건'이 밀도가 다른 삶의 예외적인 순간인 것과 마찬가지로 말이다.

어렸을 때, 문학만이 모든 것이라 생각하고 문학만을 먹고도 그저 살아진다고 생각했던 순진무구했던 때, 작가가 되기도 전의 그 습작기의 시간은 주변 식구들에게는 지옥이었을 것이다. 절대 침묵! 생활의 모든 잡음이 멈출 때까지 나는 방마다 돌아다니며 무거운 이마를 한 손으로 짚고, 어두운 표정을 지으며, 식구들에게 조용히 해줄 것을 부탁, 아니 강요하곤 했다. 지금처럼 손쉽게 구할 수 있는 귀마개가 없었다. 아무 때나 이어폰으로 주변의 모든 소리를 단번에 죽일 수 있는 음악 주입기도 마땅치 않았다.

생활의 다른 영역에는 매우 관대한 편인데, 글을 쓸 때만은 늘 소리와 불화가 있었고 그것은 사실 지금도 어느 정도는 그렇다. 나이를 먹어가며 많이 완화되었지만 글쓰기의 절대조건은 진공과도 같은 침묵이었다. 마치 내 내면이 저장하고 있을지도 모르는 무한히 미세해진 데시벨의 비밀스러운 교감을 놓치면 다 글러버릴 것 같은 당겨진 신경으로 나는 이 순수한 침묵을 갈망했다. 그 갈망은 좋으나 주변을 많이 힘들게 했다.

이 못된 습관은 다행히도, 어떤 요청이나 강요에도 굴하지 않는 드높은 울음소리로 존재를 알리는 아이 앞에서 저절로 약화되기는 했지만, 지금도 아주 사라졌다고 할 수는 없다. 누구는 글쓰기 전에 주변을 정리한다고 하고, 또 누군가는 손을 깨끗이 씻는 습관에 대해 얘기하는 것을 들으면서, 나는 참 좋겠다, 생각하곤 했다. 나의 요청은 얼마나 까다로운가. 세상은 잡음으로 가득 차 있고 끝도 없이 무례하게 방해하고 들어와 때로는 울어버리고 싶을 정도이다. 또 서울은 끝나지 않는 공사장의 드릴로 나를 위협하기 위해 존재하지 않던가.

다행히 기술이 나를 구해주었다. 이어폰! 글을 쓸 때 그 글에 맞는 CD를 고르고, 귀에 이어폰을 꽂고 나면 방이 하나 생겨나고 그 안으로 들어가면 되었다. 온전한 침묵은 아니어도 세상의 소음과 차단되어, 진행 중인 글의 세계로 직진하도록 도와주는 한 장의 CD. 한편의 작품을 시작하면서 동반할 음악을 고르는 것도 작은 기쁨의 하나다. 자주 CD와 작품은 아무 연관이 없다. 사실 음악을 고른다고 할 수도 없다. 음악으로 침묵의 방을 짓는다. 어찌 보면 소리 차단제로 고르는 CD이므로 연주자들에게 늘 얼마나 미안했던지!

소설 쓰기가 행복한 것은 아마도 소설을 '내'가 쓰지 않기 때문에, 소설을 나 혼자 쓰는 것이 아니기 때문에 그럴 것이다. 외롭지 않아 다행이고 소설이 복수의 장르이기에, 소설이 삼인칭의 장르이기에 소설 쓰기에 위험 없이 깊이 빠져들 수 있다. 자아도취적 글쓰기는 내가 늘 기피하고자 애쓰는 것 중의 하나다. 세상과의 교감, 삶 저 깊은 곳에서 끓어오른 마그마들의 어떤 융합, 무질서해 보이지만 그 안에서 무언가 생성되며 다시 체험되고……. 그런 방식으로 문장과 서사가 구성된다. 주제를 다 알고 쓰는 경우는 없다. 그 주제가 마음에 들어서 쓰기 시작한다. 쓰면서 그 주제를 경험한다. 소설은 세상이 던져온 질문을 살아가는 기록, 그 경험의 기록이다. 앞 문단의 경험이 그 다음 문단을 결정한다. 바로 전의 문장이 그 다음 문장을 결정하듯이.

물론 내게도 냉정한 구성노트라는 것이 있다. 글을 쓰지 않을 때도 옆에 두고 자는 작은 공책이다. 하하, 주로 파랑색이다. 새로운 글을 시작할 때 생각나는 것, 떠오른 문장, 무한히 바뀌지만 그래도 대강 자리 잡은 서사의 얼개들……. 이런 잡다한 것들이 도움이 되기도 하고 그렇지 않기도 하다. 글이 막힐 때, 정말 앞이 안 보일 때, 혹시 뭔가 있을 것 같아 들여다보고 덧없이 매달리는 일종의 부스터 같은 것이다.

그러나 글쓰기의 진정한 과정은 이미 겪은 일, 혹은 겪고 있는 사람이나 사건을 깊이 다시 한 번 살아내는 과정이라고 할 수 있다. 바로 '그들'과 어울려 글이 쓰인다. 지나쳐간 작은 시간들이 새로운 부피와 깊이를 입고 현재로 재부상한다. 잊고 지나간 얼굴, 어제 만난 얼굴이 (대부분 상상 속에서) 다시 말을 건다. 무수한 사람들의 삶의 갈피와 깊이로 종횡무진 침투하는 일, 그들의 영혼의 뒤안길에 조명등을 비추고 드러나는 놀라운 사실들을 다시 한 번 경험하면서 글쓰기의 과정이 진행된다. 그러면서 사랑의 감정이 태어난다. '사랑'이라는 단어가 진부하다면, 연민, 이해, 용납 때로는 감탄, 감동이라고 불러도 좋다.

소설이 현재의 글쓰기가 아닌 이유이다. 현재만의 글쓰기가 될 수 없는 이유이다. 소설이 그림이 아닌 것과 같은 이유다. 그것은 꼭 크로노스만은 아닌 시간성으로 경험된다. 거의 모든 (나의) 소설은 필연의 시간성을 향해 간다. 그것을 거부하기 위해 밋밋한 무시간의 서사를 시도해 보아도 결국은 같은 이야기다.

나 혼자 쓰지 않기 때문에 소설 쓰기는 수월한 것이 아니다. 각자의 고집스러운 삶의 질서가 있기에 '그들'과 공존하는 일은 늘 갈등을 만들어낸다. '나'는 어느 면으로는 '대'필자이다.

물론 어딘가에 쓰는 자의 삶이 있다. 그의 역할은 무한히 작아진다고 해도 아주 없어질 수는 없다. 그는 기능으로, 일종의 통로로 존재한다. 작품집 『첫 만남』의 한 글에서 "지구를 가득 덮은 영혼의 광케이블"이라고 썼다. 그 케이블 중의 하나가 되기.

소설뿐 아니라 쓰는 자의 삶 또한 삼인칭이 된다. 개인적인 차원에서는, '나'의 것을 포함한, 모든 개인적 삶이 객관화되는 것은 선물이기도 하다. 그렇지 않다면 이 민감함이라는 천형을 어느 정도 부여받은 작가라는 범주에 속하는 사람이, 격렬하고 변덕스럽고 무질서하며, 자주 추함에 더 가까운 인간이 만들어내는 삶의 격랑 속에서 살아남을 길은 없었을 것이다. 아마 미리 질려 소설 쓰기를 포기할 수도 있었으리라.

그래서 소설을 잘 쓰는 일은 이 삼인칭의 균형을 얼마나 잘 유지하느냐에 달려 있다고 생각한다. 어떤 면에서 이 균형은 넓은 의미에서 윤리적 균형이라고 부를 수도 있다. 이 삼인칭의 균형이 소설을 쓰는 자에게 겸손함을 요청한다. 토시를 팔목에 끼고 세상에서 다가오는 삶을 대필하는, 지금은 사라진 동사무소 서기의 무표정한 성실함, 그런 성실성을 내게 요청한다.

시간이 지나갈수록 사실 쓸 것들이 많아진다. 그렇지만 모든 쓸 것들이 꼭 써야만 하는 것으로 다가오지 않는다. 쓸 것과 시간 사이에, 시간과 분량 사이에 자기만의 합의점이 찾아진다. 베케트의 합의점이 있는가 하면 필립 로스의 합의점이 있다. 시간이 흐를수록 현상 이전, 이면, 이후가 좀 더 명료하게 보이는 것은 나이가 누릴 수 있는 매우 큰 복이다. 가시의 것보다 비가시의 것에 더 깊이 글이 쏠린다. 그러한 시선으로 웬만한 것은 이해가 된다. 논리적 이해가 아니라 맥락과 숨겨진 깊이가 보이기 때문에 그러하다. 그래서 사랑하게 된다. 사랑할 만한 것들을 사랑하는 것이야 쉽다. 새벽의 잠깬 아이의 눈망울, 빗속의 숲, 아름다운 사람들의 미소. 희생자의 겸손……. 그러나 사랑하기 어려운 것들을 사랑하는 법을 배우게 된다. 사랑이 때로 끔찍한 도전이며 실천임을 알게 될 때 글쓰기에 대한 욕망이 생긴다. 궁극적으로 반복되는 인간의 진부한 서사 너머의 것을 조금씩 명료히 바라보노라면, 그에 알맞은 말이 부족하다. 언어는 기본적으로 결여다, 라고 중얼거리게 된다. 바벨탑 건축은 실추한 인류의 본능적인 공허와 결여의 서사이기 때문이다.

숨겨져 있는 것을 드러내는 일, 이라고 프루스트는 예술의 기능에 대해 말했다. 그러나 절대적 결여에서 소설 쓰기가 시작된다. 아니면 그것을 인식하는 순간 소설 쓰기가 시작된다고 말할 수도 있다. 소설이 결여를 메울 수 있는 놀라운 장르여서라기보다는, 그 결여를 드러내기 위해서 소설이 필요하다고 말할 수 있다. 그러니까 소설은 표현하려는 것에 '무한히 가까이 근접할 뿐인' 어떤 실천의 행위다. 축에 무한히 접근하지만 닿지는 않는, 아름답지만 안타까운 포물선을 그리는 일 말이다. 소설이 자만하지 않도록.

말이 사건이 되는 소설, 이런 진짜 언어에 더욱 관심이 쏠린다. 행위의 의지 이전에 행위를 유발하는 능력을 가진 말은 늘 미래를 만든다. 호흡인 말, 숨을 불어넣는 말. 생명의 원천으로서의 호흡, 그런 말이 소설이 될 때 언어의 실행력이 회복된다. 창조주의 호흡이 들어감으로 생명체가 완성되듯이.

「그 집 앞」「옐로」「손수건」 등의 단편들과 장편 『오릭맨스티』는 그런 언어에 대한 갈증에서 쓰였다. 「그 집 앞」에서처럼 '사랑한다'고 말함으로써, 비록 그것이 독백이어도, 닫혀 있던 사랑의 가능성의 문이 열린다. 『오릭맨스티』에서 '오릭맨스티'는 한숨이나 고통의 신음 혹은 어떤 깊은 꿈속에서 만들어진 음절이다. 뜻을 지향하는 '전언'이나 '의미'가 없이도, 이 소리가 생명을 살리는 호흡이 된다. 그런 말의 실행력과 가능성을 탐험해본다. 어디선가 나는 이러한 언어를 유비쿼터스적인 언어라고 불렀다. 편재하는 언어, 시공을 넘어서 소통하는 언어라고 불러도 좋겠다. 우리의 각질화된 소설관, 관습화되어 협소해졌으며 이미 소설을 떠나버린 소설의 언어는 그만 그 빈곤해진 틀에서 벗어나기를 원한다. 어떻건, 원하건 원하지 않건 소설의 언어는 유비쿼터스적인 확장으로 열려 있다. 그러니 열린 곳으로 나아가는 수밖에.

나의 삶과 나의 상상력 옮기기

이순원

1958년 강릉 출생. 1985년 강원일보 신춘문예에 단편소설 「소」가 당선되어 작품 활동을 시작했다. 소설집 『그 여름의 꽃게』 『얼굴』 『말을 찾아서』 『은비령』 『그가 걸음을 멈추었을 때』 『첫눈』, 장편 소설 『우리들의 석기시대』 『압구정동엔 비상구가 없다』 『수색, 그 물빛 무늬』 『미혼에게 바친다』 『아들과 함께 걷는 길』 『순수』 『첫사랑』 『19세』 『나무』 『흰별소』 『삿포로의 여인』 『정본 소설 사임당』 『오목눈이의 사랑』 등이 있다. 동인문학상, 현대문학상, 한무숙문학상, 이효석문학상, 허균작가문학상, 남촌문학상, 녹색문학상, 동리문학상, 황순원작가상 등을 수상했다.

내가 태어난 고향 마을은 우리나라에서는 유일하게 촌장님을 모시고 사는 마을이다. 정월 초하룻날에는 집집마다 차례를 지내고, 세배를 하고, 초이튿날에는 마을 사람들 다 촌장님 댁에 다 모인다. 촌장님에게 합동 세배를 드리고, 마을 사람들끼리 촌장님 댁 마당에서 새해 인사를 나눈다. 요즘은 유교전통마을이라고 해서 이런 행사를 마을 회관과 같은 '전통문화 전승관'에서 한다.

내가 초등학교 3학년 때 할머니가 돌아가셨다. 사대부가에서 어른이 돌아가시면 그달에 장례를 못 치른다. 삼월 초하룻날 돌아가시면 그달을 넘겨 최소한 사월 초하룻날이 되어야 장례를 치를 수 있다. 이것을 이월장, 또는 유월장이라 부른다. 내가 초등학교 3학년 때 할머니 장례를 19일장으로 지냈다.

그럼 19일 동안 어떻게 하느냐? 돌아가신 할머니를 마당가 텃밭에 가묘를 쓴다. 아버지와 어머니가 겨울 새벽에, 지금 부엌과는 전혀 다른 예전 시골집의 컴컴한 부엌에, 널문 사이로 찬바람이 쌩쌩 들어오는 그런 부엌에서 새벽에 일어나 목욕재계를 하고 나가서 가묘에 호곡하고 돌아온다.

장례 후에도 일 년 동안 집안에 상막을 모시고, 매일 아침, 점심, 저녁마다 새로 지은 뜨거운 밥으로 상식을 올리고, 또 보름과 삭망 아침에, 이렇게 한 달에 두 번 차례를 올리는 것을 봐왔다. 그때 아버지가 학교에 근무하셨는데, 직장을 일 년간 쉬었다. 집안에서 아무 일도 하지 않고 계시는데, 강릉 시내에 출입할 때에도 김삿갓이 쓰고 다녔던 방갓을 쓰고, 갈가리 찢어진 베옷(강릉말로는 원투데기라고 불렀다)을 입고 다녔다.

지금은 그렇게 할 수가 없다. 아버님이나 어머님을 자식이 잘못 모셔 돌아가셨다고 그 집안의 가장이 직장을 그만두면 나머지 가족들은 어떻게 되겠는가.

농경사회 때의 얘기다.

할아버지는 거의 집 뒤에 있는 사당에 가 계셨다. 좋은 일이든 나쁜 일이든 그곳에 가 말씀드리고 의논하고 그랬다. 우리가 사는 집의 지붕이 무너져 내려도 놀랄 일이 아니지만 사당의 기왓장 하나라도 비뚤어지면 난리가 나는 줄 아시는 분이었다. 그러나 할아버지가 돌아가셨을 때는(할머니와 15년 차이로 돌아가셨지만) '간단하게' 삼일장을 치렀다. 그 사이 세상이 그렇게 바뀐 것이다.

고등학교 3학년 때 마을에 전기가 들어왔다. 어릴 때 이런 환경 속에서 태어나고 자라 지금 내 나이가 쉰이 넘었는데, 실제 내가 통과해온 시간은 3백 년도 더 되는 것 같은 느낌이 드는 것이다.

나중에 서울에 와서 어릴 적 유년의 추억이나 살았던 이야기를 하면, 나보다 사오십 세 연세 많은 분들도 나를 조선 시대에서 온 청년처럼 아주 이상하게 쳐다보았다. 그분들은 나를 보고 나이도 어린 것이 자기보다 더 옛날 얘기를 한다고 말했다. 그럴 수밖에 없는 것이 나는 1930년대 발표되었던 이상의 『날개』와 같은 작품을 보면 그 소설 속의 공간들이 아주 현대적이고 또 도회적이고 세련되어 보였다. 그리고 같은 시기에 발표되었던 김유정이나 이효석의 작품들을 보면 그 작품이 발표된 지 40년이 지난 다음인데도 거기에 나오는 주인공 한 사람 한 사람이 우리 동네 사람들 같아 보였다.

"어릴 때부터 너는 보고 들은 게 다 소설거리 아니냐?"

어떤 사람은 내게 그렇게 말했다. 보고 들은 게 다 소설거리다? 하긴 예전에도 밖에 나가서 우스갯소리로도 그 비슷한 얘기를 많이 들었다. 이순원의 소설은 거의 다 어머니가 써주고(『수색 그 물빛 무늬』) 아버지가 써주고(『아들과 함께 걷는 길』) 할아버지가 써주고(『나무』『 망배』) 친척이 써주고(『그가 걸음을 멈추었을 때』『말을 찾아서』) 초등학교 동창들이 써주고(『첫사랑』『강릉 가는 옛길』) 고등학교 동창들이 써주고(『영혼은 호수로 가 잠든다』) 동네 고향 사람들이 써주고(『순수』) 정말 자기가 쓴 건 『압구정동엔 비상구가 없다』『은비령』『19세』등 몇 개밖에 없다고 했다.

그래, 그렇게 써주는 사람이 많은데도 나는 늘 내 재능에 목이 마르고 부족함을 느낄 때가 많다.

온전히 내가 쓴 거라고 말하는 『19세』속의 얘기처럼 고등학교 1학년 때 비행청소년처럼 학교를 때려치우고 대관령에 올라가 이태간 배추농사를 지은 적이 있다. 이때 다시 학교로 돌아가지 않고 그대로 어른이 될 때까지 대관령에 주저앉아 계속 배추농사를 지었다면 내 길은 지금과 많이 달라졌을까? 그건 잘 모르겠다. 어쨌거나 이태 만에 나는 학교로 돌아왔고, 대학도 문학 쪽이 아니라 경영대학을 갔으며, 금융기관에서 10년간 직장생활을 했다. 겉으로 드러난 이력만 본다면 이쪽 바닥과는 가장 거리가 먼 쪽만 골라 다녔던 것 같은데 결국 이 일을 하고 있는 것이다.

내 성장기를 감쌌던 원형질적인 삶과 이후 현대 산업사회 속의 삶이 알게 모르게 내 의식 속에서 무수히 충돌을 일으킨 것도 있겠다. 당장 고등학교 때만 하더라도 학교로 가면 '현대' 속에 내가 있고, 이십 리 걸어 집으로 들어오면 '중세' 속에 내가 있고 했으니까. 작가가 자기 시대의 삶을 사람들의 마음밭을 갈아 기록하는 사람이라면 내가 갈아야 할 마음밭도 제법 크고 넓다고 하겠다. 역사에 맞먹을 담론까지는 아니라 하더라도 내가 드리울 우물의 깊이라는 것도 그만하면 결코 얕지 않다.

그러나 세상에 대해 내 이야기를 많이 하는 쪽보다는 누군가 그렇게 한 이야기를 미친 듯이 따라 읽는 쪽이 이 바닥에서 내가 가장 하고 싶었던 일이었고, 또 가장 어울리는 일이라는 것에 대해서는 예전이나 지금이나 변함이 없다. 작가로서는 특출하거나 성실할 자신이 없어도 독자로서는 이 세상에서 가장까지는 아니라 하더라도 그것 가깝게 성실할 것이라는 자신을 아직도 가지고 있다.

청소년기에 대관령에 올라가 농사를 짓던 시절에도, 주변에 군인들만 있지 사람 하나 제대로 구경할 수 없는 전방에서 군대생활을 하던 시절에도 읽는 것 하나만은 참 열심히 했던 것 같다. 그게 토양이라면 토양이 되었을 것도 같다.

그런데도 재능이 따르지 못해 좋은 글을 쓰지 못하는 것이야 어떻게 하겠는가. 어느 작가인들 자기 일생과 바꿀 좋은 소설 한 편 왜 쓰고 싶지 않겠는가.

문학 쪽 일을 하며 지금도 내가 그의 다음 세계를 신뢰하지 않는 사람은 읽는 일을 등한히 하며 좋은 글을 쓰겠다고 덤비는 습작생들과 언제부턴가 읽는 일엔 거의 손을 놓고 자기 쓰는 일에만 바쁜, 때로는 '내 것 쓰기도 바쁜데 남의 것 읽을 시간이 어디 있나?' 하는 말을 조금도 부끄럽지 않게, 아니 그 '바쁨'이라는 이름의 게으름을 자랑처럼 말하는 기성작가들이다.

어릴 때 전기가 안 들어오던 동네, 의식도 유교적 전통 속에서 컸고, 자라서는 가장 자본주의적인 학문인 경영학을 공부했다. 지금은 『은비령』이나 『말을 찾아서』와 같이 강원도를 무대로 쓴 작품도 많은데, 그 한쪽 편으로는 연애소설도 쓰고 사회적인 작품도 많이 썼다. 그래서 신인 작가 때 『압구정동에는 비상구가 없다』를 쓴 작가가 한국일보에 『미혼에게 바친다』를 쓰는 그 이순원이며, 그 이순원이 또 『은비령』을 쓴 이순원이냐? 이렇게 묻는 말을 많이 들었다.

사람들이 나를 보고 '전방위 작가'라고 부를 만큼 작품세계가 이렇게 다양해질 수 있었던 것도 내가 통과해왔던 시간들이 물리적으로는 50여 년이지만 내 의식이 통과해왔던 시간은 조선 중엽의 시간까지 포함해서가 아닌가 싶다.

산골 유교마을의 소년이 나중에 『압구정동에는 비상구가 없다』라든가 광주 문제를 다룬 『얼굴』이란 작품을 썼던 것은 이후의 학습으로, 경영학을 전공하고 뒤늦게 사회과학을 공부했던 것 때문일 것이다. 그래서 한 작가의 작품세계가 우리나라 어느 작가의 작품세계보다 더 다양해진 것이 아닌가 생각한다. 작품 앞에 이름을 밝히지 않으면 이것이 한 작가의 작품인지 아닌지를 알 수 없는 『19세』와 『은비령』과 『압구정동엔 비상구가 없다』와 같은 작품들이 많은 것도 태생과 성장과 이후의 공부가 달라서이다.

여기에 대해서 나는 이렇게 말을 해왔다.

"나는 소설을 글로 짓는 집이라고 생각합니다. 집의 소재, 집을 짓는 재료에 따라서, 초가집을 짓는 것과 기와집을 짓는 것과 양옥을 짓는 것, 또 아파트를 짓는 것들은 저마다 공법이 달라야 하지 않겠습니까? 작품마다 문체와 분위기가 똑같아서 몇 줄만 봐도 이것이 누구 작품인지 표가 나는 그런 소설을 계속 써나갈 바에는 바로 지금이라도 대관령으로 농사를 지으러 올라가겠다 이런 생각을 하고 있습니다."

남들은 나에게 강원도 소재로 작품을 많이 썼다고 한다.

그러나 강원도의 자연을 잘 알기 때문에 무대를 강원도로 잡는 것은 아니다. 『은비령』 같은 경우에도 이 작품을 쓸 때까지 그곳에 가보지 않았다. 작품을 쓰고 나서 독자들과 함께 가봤다. 『말을 찾아서』의 경우도 그 작품의 무대가 되는 봉평을 나중에 독자들과 함께 가보고, 서울 가까이에 있는 압구정동도 『압구정동엔 비상구가 없다』를 쓰기 전에 사전 조사를 다니지 않았다. 가서 보기는 쉽지만, 가서 보고 나면 오히려 상상력의 방해를 받기 때문이다.

작가로서 한세상을 살아가는 것은 내 한 사람의 삶만이 아니라, 내가 작품 속에서 만들어내고 그려내는 많은 인물들의 삶과 함께 가는 것이 아닌가 여긴다.

내 소설 속의 인물 가운데는 현실 속의 인물을 모델로 하여 재창조한 부분들이 참 많다. 아버지와 어머니, 할아버지 이야기도 있고, 『그가 걸음을 멈추었을 때』에 나오는 인물은 내 당숙이다. 이렇게 현실 속의 사람들도 많지만, 내 머릿속엔 앞으로 내가 작품으로 그려내야 하는 사람들 생각으로 가득 차 있다. 또 이런 것이 내 삶이 아닐까 싶다.

문제는 어떤 방식으로 그 마음밭을 갈며, 또 그 안의 우물에서 물을 길어 올리는 것인가, 하는 것인데 그리고 그것이 '내가 왜 문학을 하는가'이며, 또 '어떻게 할 것인가'일 텐데 거창하다고 반드시 큰 뜻이 담기는 것도 아니고, 그물 자리를 넓게 잡는다고 반드시 큰 고기가 걸리는 것도 아닐 것이다.

나는 역사의 파수꾼도 아니고 사회의 파수꾼도 아니다. 초기엔 그런 쪽에까지 눈을 넓히려 했던 작품이 없지는 않다. 그러나 이제 나는 안다. 나는 장차 우리가 더 문명화된 시대를 살더라도 따뜻한 삶에 대한, 그리고 따뜻한 삶에 대한 그리움을 이야기하는 우리 내면의 파수꾼이고 싶다.

그리고 다양성이 이 시대의 한 성격이고 문학의 지평을 확대하는 덕목이듯 내가 선험적으로 통과해온 시대의 넓이만큼 내 안의 다양한 목소리를 가져가고 싶다. 문학에 대해서도, 사람들에 대해서도 내가 할 수 있는 모든 이야기를 다양하게 하고 싶은 것이다. 아니라면 내일이라도 나는 다시 대관령으로 돌아가 봄배추 씨를 뿌릴 것이다. 왜냐하면 오직 하나의 품종 재배로도 평생 지치지 않을 일이 내겐 그것밖에 없어 보이기 때문이다.

아무것도 없는 데서 도대체 어떻게

장강명

1975년 서울 출생. 장편소설 『표백』으로 한겨레문학상을 받으며 작품 활동을 시작했다. 소설집 『뤼미에르 피플』 『산 자들』 『지극히 사적인 초능력』, 장편소설 『우리의 소원은 전쟁』 『호모도미난스』 『열광금지, 에바로드』 『댓글부대』 『그믐, 또는 당신이 세계를 기억하는 방식』, 에세이 『5년 만에 신혼여행』, 논픽션 『당선, 합격, 계급』 『팔과 다리의 가격』 등이 있다. 수림문학상, 제주4·3평화문학상, 오늘의작가상, 문학동네작가상 등을 수상했다.

'글을 어떻게 쓰느냐'는 질문을 받을 때마다 몹시 난감하다. 자신이 어떻게 쓰는지 정확히 아는 작가가 세상에 과연 있을까?

아는 부분에서부터 시작해보자.

우선 나는 랩톱 컴퓨터로 쓴다. 열아홉 살에 대학에 입학하면서 486 컴퓨터를 선물받은 뒤로 계속 워드프로세서로 글을 쓰고 있다.

이전까지 고등학교에서는 학생들에게 작문 과제를 내줄 때 붉은색 격자가 있는 원고지를 사용하도록 지시했다. 아직도 몇몇 원로 작가들은 그런 원고지를 고집하는 걸로 안다. 내 생각에 그런 원고지에 글을 쓰는 일은 일본식 다도와 닮은 데가 있다. 그렇게 글을 쓰면 정신이 흐트러지지 않게 노력하면서 단어를 신중하게 고르게 된다. 머릿속으로 먼저 문장의 형태를 그린 뒤 세상에 불러내게 된다.

나는 그런 품격과 정갈함보다는 워드프로세서의 자유와 속도감이 더 좋다. 글이 막히면 오래 고민하지 않고 아무 문장이나 적어본 뒤 지우고 다시 다른 문장을 시도하면서 언덕을 넘는다. 문단 배치를 바꿔가며 이야기의 호흡과 효과를 전과 비교하고 개선한다. 플롯에 더 관심을 기울일 수 있게 되고, 시인이라기보다는 건축가와 같은 관점으로 글을 바라보게 된다.

워드프로세서의 그런 기술적 특성과 그로 인해 생기는 작업 방식은 내가 소설을 대하는 태도나 추구하는 소설에 잘 들어맞는다. 나는 바지 뒷주머니에 들어가는 수첩과 조금 더 큰 공책도 종종 활용하지만, 그보다는 워드프로세싱을 더 선호한다. 여행을 갈 때에도 가능하면 스마트폰에 연결할 수 있는 블루투스 무선 키보드를 가져가려 한다. 도서관에서 글을 써야 할 때를 위해 실리콘 재질의 USB 키보드도 마련했다. 둘둘 말아서 가지고 다닐 수 있고, 자판을 두드려도 소리가 나지 않는다.

머릿속에 아이디어가 있건 없건, 몸 상태가 어떻건 간에 매일 꾸준하게, 직업인처럼 쓰려고 한다. 소설을 쓰는 시간과 청소를 하는 시간 등을 합쳐서 '근무시간'을 정해놨는데, 그 시간을 매일 스톱워치로 재서 엑셀 파일에 기록한다. 1년에 2,200시간 이상 근무하는 것이 목표다. 지난해에도 재작년에도 모두 그 목표를 달성했고, 올해도 차질은 없을 것 같다.

왜 2,200시간이냐 하면, 한국 근로자의 연간 평균 근로시간이 2,100시간 남짓이기 때문이다. 거기에는 출퇴근 시간이 포함되어 있지 않다. 그렇다면 나는 1년에 최소한 2,200시간 정도는 일해야 하는 것 아닐까 생각했다. 내 책을 사주는 독자에 대한 나름의 예의이기도 하고, 그런 숫자를 정해놓지 않으면 마냥 게을러지지 않을까 하는 두려움도 있었다. 한편으로는 그렇게 해야 '생활인으로서의 감각'을 그나마 놓치지 않을 수 있을 것 같았다.

어느 인터뷰에서 이 이야기를 했더니 화제가 되었고, 이후에는 인터뷰를 할 때마다 기자들이 '2,200시간'에 대해 묻는다. 나는 솔직히 다른 사람들이 놀란다는 사실에 놀랐다. "1년에 2,200시간씩 글을 쓰는 건 상당히 힘든 일 아니냐"고 묻는 기자들에게는 이렇게 반문한다. "기자님이 일하는 시간도 1년에 3,000시간 넘지 않나요?" 그러면 그제야 인터뷰어가 자신이 일하는 시간을 따져본다. 그리고 2,200시간이라는 시간이 그리 많은 양이 아님을 깨닫는다. 나는 기자 시절에 일주일에 평균 70~80시간씩 일했다. 연간으로 치면

3,500시간 이상이다. 1년에 2,200시간은 휴가나 다름없다. 하루 평균 6시간씩 글을 쓰거나 청소를 하고, 12월 31일에 다른 날보다 십 분 더 일하면 된다. 재택근무에, 상사도 없고, 일정 조정도 자유롭다. 내키면 아무 때나 낮잠을 자거나 휴가를 낼 수도 있다.

그 시간 내내 맹렬하게 글을 쓰는 것도 아니다. 사실 '근무 시간' 동안 내가 주로 하는 일은 그냥 멍하니 노트북 화면을 쳐다보거나, 창밖에 흘러가는 구름을 바라보거나, 방 안을 돌아다니며 머리카락을 줍거나 하는 일이다. 실제로 키보드에 손가락을 대고 한 글자라도 끼적이는 순간은 근무시간 전체의 절반도 되지 않는다.

'영감이 떠오르지 않으면 어떻게 하느냐'는 질문도 받는데, 나도 영감의 존재를 믿기는 한다. 그런데 영감을 불러일으키려면 먼저 작업에 몰두해야 한다고 본다. 당장 결과가 나오지 않아도 뇌에 일정 시간 이상 압박을 줘야 밥을 먹거나 잠을 자거나 목욕을 할 때 비로소 뒤늦게 답을 얻게 되는 것이다. 이에 대해서는 몇 줄 뒤에 다시 적도록 하겠다.

소설 구상의 초기 단계에는 내가 상향식과 하향식이라고 부르는 방식을 사용한다.

상향식 쓰기는 흥미로워 보이는 작은 조각에 계속 살을 붙이는 형태다. 그 작은 부분은 이야기의 트릭이나 반전 요소인 경우도 있고, SF적인 사고실험일 수도 있고, 어떤 두 인물이 대치하는 구도가 될 수도 있다. 꿈에서 본 한 장면의 앞부분을 상상하며 소설을 쓴 적도 있다. 작품을 쓰는 과정이나 퇴고 과정에서 그 처음의 단초가 빠지게 되기도 한다.

하향식은 주제나 소재를 정해 놓고, 인물과 사건, 줄거리를 그에 맞춰 배열하는 것이다. 작위적인 느낌이 남는다는 게 단점이지만 글을 빨리 쓸 수 있고 소설의 모든 부분이 핵심과 논리적인 연관성이 있기 때문에 전체적으로 긴장감이 있다. 대개는 이 상향식과 하향식 중 어느 한 방식만 고집한다기보다는 두 가지를 조합해서 쓰게 된다.

그렇게 먼저 뼈대를 대강 구상해놓은 다음 인터넷으로 관련 정보를 검색하고, 쓰려는 이야기의 세부사항을 들려줄 수 있는 사람을 찾아가 인터뷰를 한다. 그 반대로 하지는 않는다. 왜냐하면 자료조사라는 핑계로 실제로 글은 쓰지 않으면서 에너지와 시간만 허비할 가능성이 너무 크기 때문이다.

반면에 취재를 나중에 하면 글감을 어느 단계까지 구상해놓은 다음 꼭 필요한 세부사항을 채우지 못해 마무리를 짓지 못하는 경우가 생긴다. 실제로 그런 원고들이 있고, 아깝긴

하다. 하지만 몇 번을 생각해봐도 이야기의 뼈대를 먼저 잡고 취재는 그 다음에 하는 방식이 옳은 것 같다.

내 소설은 대체로 기승전결이 뚜렷하고, 글을 쓸 때에도 순서대로 이야기를 풀어가는 편이다. 그런 스타일 때문인지 절정 부분을 앞두고 어려움을 느끼곤 한다.

발단이나 전개 과정에서는 흥미로운 설정이나 아이디어를 발전시키면 되기 때문에 어느 정도는 '어떻게 되나 보자' 하고 비교적 가벼운 마음으로 풀어나갈 수 있는 측면이 있다. 또 결말에서는 내부 논리에 따라 인물과 사건들을 수습하다 보면 이야기가 반쯤은 자동적으로 정리되는 면이 있다.

반면 절정에서는 고민해야 할 점들이 많아진다. 폭탄을 하나 터뜨려야 하는데, 그게 앞에서 발전시킨 이야기나 인물과 자연스럽게 어울려야 하고, 소설 전체의 중심을 잡아줄 만한 폭발력이나 무게감도 있어야 한다.

분량이 긴 소설을 쓸 때 그런 고민이 더 심해진다. 아무래도 글이 길어지다 보면 주연급 인물이 둘 이상 나오게 된다. 그들 각자에게 걸맞은 절정과 결말을 줘야 한다는 게 스토리텔러로서 나의 지론인데, 그게 썩 쉽지만은 않다. 그 절정들끼리도 서로 상호작용을 해야 하고 배치도 적당해야 한다.

여기까지 읽은 독자들은 '뭐야, 이 사람은? 예술가라기보다는 마치 기술자 같은 태도로군'이라고 여기실지도 모르겠다. 실제로 그 말은 어느 정도 맞다. 나는 뼛속까지 엔지니어기질이 있어서, 내가 하는 작업을 분석하고 공정을 개선하는 데 관심이 크고 이런저런 실험도 자주 벌인다. 창작의 고통과 신비를 과장하는 작가들을 나는 별로 좋아하지 않는다. 내심 그들 중 상당수는 자기 자신을 실제 이상으로 포장하기 위해 허세를 부리는 것일 뿐이라 여긴다.

그럼에도 불구하고 여기에는 분명 어떤 미스터리가 있다.

'흥미로워 보이는 작은 조각'이라고? 대체 그 조각은 어디서 오는 것이며, 그게 왜 내게 흥미로워 보이는 건가?

'주제와 인물, 사건, 줄거리를 잇는 논리적 연관성'에서 논리란 정확히 무엇을 의미하는 걸까? 그토록 명쾌하게 이름 붙일 수 있는 관계라면 그걸 왜 공식처럼 추출해서 반복하고 재생산할 수 없는가?

나는 그걸 그 이상 구체적으로 설명할 수 없다. 결국, 그 조각이며 뼈대며 연관성이며 하는 말들이 궁극적인 질문—'무(無)에서 도대체 어떻게 소설이 나오는가'—에 제대로 된 답을 주지는 못한다.

내가 기껏 할 수 있는 말은 이런 정도다. 글을 쓰는 전 과정에 걸쳐 나 자신도 어떻게 된 건지 영문을 알 수 없는 도약이 여러 차례 일어난다고. '다음 소설은 어떤 내용으로 할까? 이 위기를 어떻게 풀까? 다음 문장은 어떻게 쓸까?'라는 생각에 파묻혀 있다가 정신을 차려보면 소설의 일부가 눈앞에 있고, 나는 어리둥절해진다. '분명히 내 몸을 거쳐 나온 물건이긴 한데……' 이런 느낌이다. 나는 상당 부분 소설을 만들어낸다기보다는 차라리 발견한다. 벌집을 본 꿀벌이나, 개미집을 본 일개미가 그와 같은 기분이지 않을까?

벌집을 만드는 것은 꿀벌 개체의 개별 의지라기보다는 그 종의 유전 정보다. 더 깊이 들어가면, 벌집이 그런 모양이 되는 것은 벌이라는 종의 생물학적 특성보다는 오히려 수학과 관련이 있다. 우리 우주에서는 뭔가를 겹쳐서 쌓아 올릴 때 육각형 구조가 가장 경제적이고 안정적이기 때문이다.

나는 내가 소설을 쓰는 작업의 배후에도 그런 거대한 힘과 원리들이 있지 않을까 상상한다.

일단 내가 속한 문화에서 물려받은 유전 정보가 있을 것 같다. 글을 쓰는 동안 단행본이라는 틀, 산문 문학의 전통, 20세기 들어서 소설에 영향을 준 영화 편집기술 같은 것들의 힘을 희미하게 감지한다. 종이책의 폭이라는 물리적 요소가 문단 길이의 범위를 어느 정도 정한다. 우리 문화는 지나치게 여백이 많은 지면도, 과도하게 빽빽한 지면도 기피한다. 현대 대중소설에서 갑작스러운 장면 전환을 통해 속도감을 내는 기법은 분명히 MTV 시대의 소산이다. 그런 최신 문법을 알지 못하는 과거의 소설가나 독자들이 요즘 스릴러를 읽는다면 독해가 쉽지 않을 것이다.

더 멀리에는 더 크고 더 비인간적인 힘과 원리가 있지 않을까? 우주의 어떤 정보들에는 근본적으로 자기조직화하려는 경향이 있어서, 관련성이 있는 인접 정보들과 결합해 점점 복잡한 의미가 되어가며, 마침내는 웅대한 테마로 자연스럽게 진화하게 되는 것 아닐까? 작가들은 다만 그 과정을 남들보다 빨리 알아차리는 사람일 뿐인 것 아닐까? 바다를 헤엄치는 그런 수많은 의미 중에, 사람을 즐겁게 하는 기승전결 형태의 의미를 건져 올리는 잠수부 같은 직업인 것 아닐까?

어떤 때에는 이 모든 상상이 그저 헛소리이고, 허무를 의미 있는 무언가처럼 보이게 하는 주체는 다름 아닌 나 자신이라는 자신감에 도취된다. 이에 따르면 내가 쓴 글도 따지고 보면 결국 아무것도 아닌 허상이다. 그래서 나를 취하게 하는 자신감에도 숙취처럼 공허함이 따라붙는다.

어떤 때에는 의미의 세계가 실재하고, 내가 소설을 쓸 때 잠시나마 그 세계에 들어가 무언가를 건져 올리는 듯한 느낌을 맛본다. 나의 존재는 쪼그라든다. 거창하게 말하자면 다른 세계의 의미를 우리 세계에 전하는 영매(靈媒) 같은 역할을 한다고 표현할 수도 있겠고, 솔직히 말하면 내가 다른 세계의 타자기나 프린터가 되는 것 같은 기분이다. 그 경우에는 '나는 어떻게 쓰는가'라는 질문 자체가 성립하지 않는다. 내가 소설을 쓰는 게 아니라, 소설이 그냥 스스로를 쓰고 있는 듯하다.

걷기와 경험의 노래

조경란

1969년 서울 출생. 1996년 동아일보 신춘문예에 「불란서 안경원」이 당선되어 작품 활동을 시작했다. 소설집 『불란서 안경원』 『나의 자줏빛 소파』 『코끼리를 찾아서』 『국자 이야기』 『풍선을 샀어』 『일요일의 철학』 『언젠가 떠내려가는 집에서』, 중편소설 『움직임』, 장편소설 『식빵 굽는 시간』 『가족의 기원』 『우리는 만난 적이 있다』 『혀』 『복어』, 짧은 소설집 『후후후의 숲』, 산문집 『조경란의 악어 이야기』 『백화점』 『소설가의 사물』 등이 있다. 문학동네작가상, 오늘의젊은예술가상, 현대문학상, 동인문학상, 고양행주문학상 등을 수상했다.

1. 로마에서

2014년 12월 10일에 나는 로마로 떠났다. 작가 레지던스 프로그램의 일종이었고 그 도시에서 체류할 수 있는 기회가 생겼다. 12월 학기가 끝나기 전에 라 사피엔차 대학에서 한국문학에 관한 강의를 세 번 하는 것이 의무의 전부였다.

로마는 항상 가보고 싶었던 도시였지만 기회가 없었다. 결국 나는 마흔여섯 살이 돼서야 처음 가게 되었고 또 뜻밖에도 삼 개월 간이나 살게 된 것이다. 비행기를 타면서 조금 더 일찍 이런 기회가 생겼다면 좋았을 텐데, 라고 생각하지 않을 수 없었다. 허리가 몹시 좋지 않아서 정형외과에서 진통주사를 여섯 대나 맞고 공항에 가야 했다. 의사는 장시간 비행기를 타는 것은 무리라고 말리면서도 주사를 놔주었다. 그해 겨울에 유독 허리가 아팠고 로마로 떠나기 이틀 전부터는 침대에서 일어나지도 못할 만큼 통증이 심했다. 책상에 너무 오래, 한 자세로만 앉아 있었기 때문에 생긴 병이라고 했다. 원고가 정말 안 써지던 어느 날, 열여덟 시간 넘게 책상 의자에 앉아 있었던 적도 있다.

원고는 늘 안 써진다. 잘 써지는 날은 없다. 안 써지는 날에도, 어쩌다 잘 써지는 것처럼 느껴지는 날에도 이제는 크게 동요하지 않는다. 나는 그저 그날 하루 분량의 원고를 쓰려고 노력할 뿐이다. 그것조차 되지 않으면 빈 모니터를 바라본 채 묵묵히 같은 자세로 앉아 있는 것이다. 아무리 글이 써지지 않아도 물러서지도 도망가지도 않겠다는, 비교적 담담한 마음으로. 그런 자세로 이십여 년 앉아 있었던 게 허리에 큰 무리를 준 모양이었다.

다행히 나는 로마에 도착했다. 허리에 복대를 두르고 진통제를 먹어가면서 12월 안에 해내야 할 강의들도 무사히 마쳤다. 그 후 로마에서 할 일이 아무것도 없었다. 친분이 있던 몇몇 대학 관계자들은 모두 크리스마스 휴가를 떠났고 그 도시에서 아는 사람은 아무도 없었다. 만날 사람은 없었지만 갈 데는 많았다. 거기는 '로마'였으니까. 이제 이 낭만적이고 매력적인 도시에서 내가 할 일은 아픈 허리를 회복시키는 것인듯했다. 의사가 나에게 권한 운동은 '천천히 걷기'였다. 가벼운 신발을 신고서 하루에 한두 시간 동안 천천히 걷고 가능한 의자에는 앉지 말 것. 관광객들로 붐비는, 크리스마스트리로 도시 전체가 보석처럼 보이는 화려한 로마의 거리들을 나는 걸어 다니기 시작했다. 크리스마스이브에도 31일이었던 내 생일에도 '산 피에트로 대성당'과 '천사의 다리'를 지나 '나보나 광장', '트레비 분수', '스페인 광장'까지 걸어갔고 또 같은 길을 걸어 숙소로 돌아왔다. 돌아오는 길에는 피노누아 와인 한 병과 새우, 모차렐라 치즈를 사와 카프레제 샐러드, 새우 올리브오일 스파게티를 만들어 와인을 마셨다.

해가 바뀌고 1월이 되었다. 나는 로마 시내의 지도를 펼쳐 내가 걸어간 길을 표시하고 아직 가보지 못한 길들을 중심으로 하루하루의 걷기 계획을 세웠다. 2월 초가 되자 지도는 귀퉁이들이 나달나달해져버렸고 내가 걸어보지 못한 길들은 거의 없는 것처럼 보였다. 단골 카페와 슈퍼마켓, 피자집, 와인가게, 서점들이 생겼다. 몇 가지 간단한 이태리어도 쓸 수 있게 되었다.

삼 개월 동안 내가 살았던 집은 아주 오래된 삼 층 건물이었고 엘리베이터 같은 건 물론 없었으며 폭이 좁고 단이 높은 계단으로 오르내리게 돼 있었다. 일 층에는 이 집에서 세

들어 산 지 삼십 년이 넘는다는 할머니가 살았고, 그녀의 이름은 마리아였다. 나는 삼 층에 살았다. 내 눈에 마리아는 그냥 세입자가 아니라 그 건물의 매니저나 관리자같이 보였다. 이른 아침에 내 집 현관문 앞에서 어떤 소리들이 들렸다. 처음에 나는 그것이 그 동네에 유독 많다는 집시 도둑들이 내 집을 털기 위해서 현관 앞 깔개를 뒤지며 열쇠를 찾는 건 아닐까? 짐작했었다. 일주일에 서너 번 마리아가 계단을 물걸레로 닦는 소리라는 걸, 삼 층 계단부터 일 층까지 그 굽은 허리로 물걸레질하는 기척이라는 것은 나중에 알게 되었지만. 그러니까 내가 또 그 이상한 소리에 겁에 질린 소리로 현관문을 세게 밀치면서 누구야! 하고 외쳤을 때. 한 손에 걸레를 든 그녀가 아래쪽 계단 밑에서 웃으며 손을 흔들면서 이렇게 말했다. 프레고, 프레고!(괜찮아, 괜찮아!)

　나는 그 집에서 한 발짝도 나가지 않게 되었다. 2월 중순이었다. 내가 걸었던 로마의 길들을 표시해둔 지도를 아일랜드식 키친 테이블 위에 펼쳐둔 채로. 그리고 새로 산 노트를 펼쳤다. 인물들의 이름과 나이를 적고 공간을 그려 넣었다. '매일 건강과 시(詩)'라는 제목도 크게 적었다. 새 단편소설을 막 시작하려는 참이었고 나는 그 소설이 완성되는 열흘 동안은, 글을 쓸 때면 늘 그렇듯 아무 데도 가지 않을 거였다. 첫 문장을 썼다.

그녀는 이 도시에 밤에 도착했다.

나는 서서 원고를 썼다. 아일랜드 테이블에 노트북을 올려놓은 채.

열흘 후 나와의 약속을 지켰고 쓰고 싶은 소설을 썼으며 그래서 이만하면 되었다, 라는 마음이 들기 바랐다. 매일 오후가 되면 숙소 거실에 있는 스프링이 푹 꺼진 낡은 소파에서 잠시 누워 있었다. 거실 창으로 환하고 때때로 붉은빛을 띠는 빛이 들어와 바닥에 밝은 그늘을 만들었다. 빛이 있어서 만들어지는 그 그늘을 바라보며 얼마쯤 누워 있다 보면 글을 쓸 수 있는 시간과 공간이 지금 내게 주어져 있다는 것, 그리고 이 순간은 곧 지나가버릴지도 모른다는 경이로움과 안타까움이 함께 몰려왔다. 그 느낌은 지금도 너무나 생생하다. 뜻하지 않게 눈물이 한 방울 주룩 흐를 때도 있었다. 나는 끙 하고 몸을 일으켜 진통제를 먹고 다시 아일랜드식 테이블로 갔다. 다리에 힘을 주고 원고를 이어나가기 시작했다. 어쩌면 내 인생에서 가장 아무 일도 일어나지 않았으며, 가장 고요하고 아름다웠으나 고독했던 시간이었는지도 모른다. 그 열흘. 나는 아무 데도 가지 않았고 마침내 냉장고가 텅 비었고 커피도 떨어졌다. 그리고 완성된 새 단편소설이

거기 있었다.

　3월 첫째 주에 나는 짐을 꾸려 집으로 돌아가는 비행기에 탑승했다. 로마를 떠나기 전날, 단골 빵집에서 한 봉지 가득 산 빵과 디저트들을 들고 일 층 마리아를 찾아갔다. 그동안 계단 청소를 해주어서 고마웠다고. 이 집도 당신도 내 소설에 등장한다고. 내 말을 마리아가 알아들었는지 알 수 없다. 마리아는 웃는 얼굴로 그저 프레고, 프레고! 했고 나는 그저 그라치에, 그라치에! 라고만 했으니까.

2. 제주에서

　2012년에 왼쪽 발목에 금이 가 한 달 동안 깁스를 하고 있어야 했다. 팔을 다친 게 아니라 다리를 다친 건데도 글을 쓸 수 없는 상태가 된다는 게 이상했다. 뿐만 아니라 걸을 수 없는 상태가 되고 보니까 산책을 할 수 없다는 것, 집에만 있어야 하는 상황들이 더욱 견딜 수 없게 되었다. 다리가 불편하니 너무 먼 데는 안 되겠지만 그러나 집에서 가장 먼 데가 필요했다. 서귀포의 한 펜션과 비행기 티켓을 예약했고 나는 절뚝거리며 출발했다. 늦가을이었다.

펜션에서 살아보기는 그때가 처음이었다. 은퇴한 아버지와 아들이 운영하는 펜션이었다. 작은 정원이 있고 그 정원과 출입구가 내려다보이는 이 층에 나는 묵게 되었다. 거실 창에서 보면 정원 오른쪽에 투숙객들이 바비큐 파티를 할 수 있는 공간이 있었다. 주말에는 손님들이 있지만 평일에는 나 이외의 투숙객은 없어 보였다. 조용하고 오래된, 서귀포에서도 꽤 외진 곳에 위치한 곳이었다. 번듯한 슈퍼마켓이나 재래시장에 가려고 하면 주인집 자동차를 이용하지 않으면 안되었다. 번거롭기 짝이 없는 일이었다. 나는 맥주 외엔 거의 필요한 게 없다고 느껴서 물건도 몇 가지 없는, 폐점 직전 같아 보이는 동네 잡화점에 다녔다. 밤에는 아무도 없는 펜션 정원을 내려다보며 맥주를 마셨고 오후에는 운동화를 신고 밖으로 나갔다.

오직 걷기 위해서 그 장소, 그 도시에 온 사람처럼.

펜션을 나와 귤밭을 지나면 하수처리장이 나오고 그 안으로 들어가 다시 밑으로 내려가면 서귀포 해안이 나타났다. 올레길 중 유일하게 해안을 따라 걸을 수 있는 길이라고 펜션 주인이 말해주었다. 마치 그것이 그 펜션의 유일한 자랑거리인 양 말이다. 해안가에는 국궁장도 하나 있었다. 복장을 갖춰 입고 심각한 표정으로 활을 쏘는 사람들을 종종 보았다. 계속 걷다 보면 '칼(KAL) 호텔'이 나왔고 이따금 일층 카페에 들어가 밤이 늦도록 앉아 있기도 했다. 그 안전한 실내에서 보는 일몰은 해안가 검은 바위에 웅크리고 앉아서 보는 것과는 다른 데가 있었고, 자연에 익숙하지 않은 나로서는 호텔 커피숍의 커다란 통창 안에 있을 때가 더 안전하다고 느꼈다.

저녁이 오는 해안가의 바위에 앉아 있는 시간이 길어진 건 왜인지 모르겠다. 나는 머리카락이 휘날리는 것도, 세찬 바닷바람이 뺨을 쓰라리게 만들 정도로 불어오는 것도, 너무 추워서 몸이 덜덜 떨리는 것도 아랑곳하지 않고 앉아 바다를 지켜보았다. 춥지만 몸은 뜨거워지는 것 같았고 정수리에는 차갑고 큰 얼음 하나가 내려와 있는 느낌이 들었다. 이제 슬슬 글쓰기를 시작할 때가 된 걸까. 그런 생각을 하며 느릿느릿 펜션 쪽으로 걸음을 옮겼다. 이 주 동안 나는 그곳에 있다 집으로 돌아와서 첫 문장을 썼다.

'이틀 전, 제가 이곳에서 맞는 세 번째 봄이 시작되었습니다.'

제목은 '밤을 기다리는 사람에게'. 아들을 잃고 서귀포의 한 펜션에서 하루하루 버티듯 살아가는 시아버지와 젊은 며느리에 관한 이야기.

2016년 10월 첫째 주에 제주시 탑동에서 며칠 지낼 기회가 생겼다. 제주시에서 주최하는 인문학 특강의 일환으로 나는 소설 분야 강의를 맡게 되었다. 2012년 이후 제주에 오게 된 건 처음이었다. 그때 절룩거렸던 다리는 다 나았고 허리는 의자에 오래 앉아 있지만 않으면 그럭저럭 지낼만했다. 호텔은 탑동 광장과 해안이 내려다보이는 9층에 있었다. 금방 서울로 돌아갈 이유가 아무것도 없는 것 같았다. 스케줄을 조정했고, 제주에 더 머물기로 했다. 게다가 이미 트렁크에 걷기 좋은 신발 한 켤레를 담아오기도 했으니까. 침착하고 느리게 걷다가 나는 또 어떤 것을 보게 되고 어떤 것과 마주치게 되고 어떤 것을 깨닫게 될 것인가. 기대 속에서 잠을 청했다.

뜻밖에, 어머니가 내려오신다는 연락을 해왔다.

그 후 상상이 가겠지만 일정은 내 마음대로 되지 않았다. 나의 사색과 산책을 방해하지 않겠다던 어머니를 정작 내가 모시고 다니지 않으면 안 되었으니까. 내 어머니는 늙어가고, 나처럼 이따금 집을 떠나 있는 것을 좋아하며, 부디스트(Buddhist)에다 딸과 보내는 다정한 시간까지 기대하는 로맨틱한 데가 있는 분이다. 어머니가 도착한 날에도 그다음 날에도 나는 호텔 방에서 책을 읽거나 해안가를 산책하는 것

말고는 아무것도 하고 싶은 게 없었다. 태풍이 지나간 후의 바람과 비는 세찼고 사납게 느껴지는 데가 있었다. 제주를 떠나는 날 아침에 어머니가 가장 가고 싶어 하는 '관음사'에 갔다. 한라산 북쪽 기슭으로 접어들자마자 비가 거세게 쏟아졌고 우려하던 대로 엄마와 나는 싸우기 시작했다. 세상의 여느 엄마와 딸처럼 별것 아닌 일로, 다른 사람한테는 할 수 없는 가장 아픈 말들을 거침없이 주고받으며. 대웅전으로 올라가는 그 돌길을 걸으며 그렇게 어머니와 나는 맹렬히 싸웠다.

그 후로 열흘쯤 지났다. 나는 한 집에 사는 어머니와 여일하게 점심을 같이 먹고 날씨에 관한 이야기를 나누고 강의를 나가며 책을 읽고 산책을 한다. 아직 새 원고는 시작하지 않았지만, 이제 나는 안다. 새 소설의 공간은 가장 최근에 다녀온 '제주'일 것이며 아마도 엄마와 딸에 관한 내용이리라는 것을.

"나는 전적으로 공간에 매혹 당하는 사람이다"라고 말한 작가가 조이스 캐롤 오츠였던가. "공간이 희망이다"라고 말한 작가는 조르주 상드.

나는 서울, 지금은 중앙동이라고 지명이 바뀐 '봉천동(奉天洞)'이라는 작은 구(區)에서 태어나다시피 했고 자랐으며 지금까지 살고 있다. 인생에 큰일이 벌어지지 않는 한 앞으로도 여기서 살게 되겠지. 다행히 나에게는 일 년에 한두 차례 다른 도시에서 살아볼 기회가 생기고 또 스스로 기회를 만들곤 한다. 나에게는 낯선 공간에서의 긴장과 호기심이 늘 필요하고 나는 그곳에서 내가 본 것, 느낀 것, 나를 불편하게 하는 것, 나를 더욱 삶 쪽으로 끌어당기게 된 것들에 관해 쓴다. 지금도 종종 서서 쓴다.

어딜 가든 나에게는 푹신푹신한 운동화 한 켤레가 필요할 뿐이다.

『군함도』,
27년을 바쳐 마침표를 찍으며

한수산

1946년 강원도 인제 출생. 경희대 영문과를 졸업했다. 1972년 동아일보 신춘문예에 단편 「사월의 끝」이 당선되고 1973년 한국일보 장편소설 공모에 『해빙기의 아침』이 입선되며 작품 활동을 시작했다. 장편소설 『유민』『푸른 수첩』『말 탄 자는 지나가다』『모래 위의 집』『4백년의 약속』『거리의 악사』『바다로 간 목마』 등이 있다. 오늘의작가상, 녹원문학상, 현대문학상을 수상했다.

1

저의 소설 『군함도』는 표면적으로 일제강점기를 바닥에 깔고 징용과 원폭이라는 두 주제를 다루고 있습니다. 거기에서 저는 우리들 개인의 삶 하나하나를 파괴하는 것은 표면적으로 드러나는 대상(일본, 일본인, 그리고 친일파)이 아니라 그들 뒤에 도사린 제도, 환경, 집단 등 거대한 죄악이라는 불가해의 덩어리라고 보고, 그것을 그려내려 했습니다.

어떤 고난 속에서도 인간은 창조적으로 재생한다, 그것이 지금 제가 와 있는 문학적 주소이며 『군함도』도 그 하나입니다.

『군함도』는 취재에서부터 출간까지 27년이 흘러갔습니다.

작품으로서의 첫 시도는 1993년 1월부터 중앙일보에 연재된 『해는 뜨고 해는 지고』라는 장편소설이었습니다. 3년간의 연재가 실패로 끝난 후, 재직하던 대학을 휴직하고 이 실패작의 첫 장면만을 남겨두고 2백 자 원고지 7천 매의 원고를 다 버린 채, 새로 쓰는 작업에 들어갔습니다. 그렇게 원고지 5,300매의 『까마귀』 전 5권을 완성, 출판한 것이 2003년이었습니다.

그 후 작품의 부실을 통감하고, 제목을 『군함도』로 바꾸면서 3분의 1가량이 축약된 분량으로 개작, 당시 『까마귀』의 내용을 덜어내어 번역이 진행 중이던 일본어판과 동시 출간을 계획한 것이 2007년이었습니다. 2009년 12월 일본어판은 『군칸지마(軍艦島)』라는 이름으로 출간되었으나, 제 작업이 끝나지 않아 한일 동시 출간이 무산되었고 한국어판 『군함도』는 결국 2016년 봄에야 독자들을 만나게 되었습니다.

이 소설의 모태는, 도쿄의 한 고서점에서 『원폭과 조선인(原爆と朝鮮人)』이라는 책을 만난 1989년으로 거슬러 올라갑니다. 그 책을 통해 저는 일제강점기의 여러 문제에 대해 늦게야 눈을 뜹니다. 그때 가슴을 친 것이, '이렇게까지' '이다지도' 한국과 일본 사이에는 해결도 청산도 없이 35년의 과

거가 고스란히 남아 있었단 말인가 하는 참담함이었습니다.

그 후 강제징용과 나가사키의 피폭이 뒤엉킨 비극의 역사를 모르고 있었다는 자책과 함께 취재를 시작한 게 1990년 여름이었습니다. 나가사키를 거쳐 히로시마로 올라가며 다양한 원폭피해자를 만나기 시작했습니다. 그리고 오카 마사하루(岡政治) 목사와 징용피해 당사자인 서정우 씨와 함께 군함도로 들어가 현장을 샅샅이 뒤지는 취재 여정을 이어갔습니다.

1986년 우연한 경로로 발견되어 세상에 알려진, 군함도 사망자의 화장기록(火葬記錄)을 저에게 전해준 분도 오카 목사님이었습니다.

이 자료에는 일본으로 끌려왔던 젊은 여성이 음독자살한 기록이 나옵니다. 기업 위안부였습니다(일본군 위안부만이 아니라 당시 일본 기업에는 종업원을 위한 위안부가 있어 회사에서 관리했습니다). 이 여자가 모티브가 되어 소설 속 '금화'라는 여주인공이 됩니다. 소설 『군함도』는 이렇게 허구와 진실이 뒤엉키며 만들어졌습니다.

소설 속 인물 가운데서 특별히 애정을 쏟은 인물도 바로 이 금화였습니다. 구상하고 쓰는 동안 나는 그녀와 아주 친해져서, 옛 친구를 그리워하듯 그녀의 서글픈 이야기들을 써

나갔으니까요. 일본어판 책이 나온 후 책을 들고 군함도를 찾아갔을 때였습니다. 거친 파도에 안개까지 짙어서 섬에 상륙을 못한 저는 배를 타고 천천히 섬을 돌았습니다. 그때 섬 한쪽 방파제에 서서 하얗게 소복을 입은 그녀가 나를 향해 손을 흔드는 모습을 보게 됩니다. '고마워. 내 이야기를 써줘서.' 그렇게 속삭이면서요.

돌아가신 서정우 씨와의 만남과 작별도 잊을 수가 없습니다. 그분은 15살의 어린 나이로 일본으로 끌려온 징용의 직접 피해자였는데, 저와 군함도에 들어가 함께 걸으며 "여기서 울었다" "이 절벽에서 죽으려고 했다" 하고 그 참혹했던 시절을 소상하게 들려주었습니다.

몇 년 후, 나가사키에서의 현장 취재를 마치며 인사를 드리러 서정우 씨의 집으로 찾아간 때는 저녁이었습니다. 그 무렵 그분은 폐도 한 쪽, 콩팥도 한 쪽, 몸의 장기 중에서 두 개인 건 전부 하나밖에 없는 어려운 상태였습니다. 부인도 집을 나가고 쌍둥이 아들은 폭주족이 되어 가출해버려 혼자 살고 있었지요.

열한 시가 넘은 시간, 인사를 드리고 돌아가려는 내 손을 부여잡은 채, 한 칸짜리 노면전차 정류장까지 나온 그분은 내가 탄 전차가 보이지 않게 될 때까지 길가에 서서 손을 흔들고 있었습니다.

누가 저 15살 소년을 병들고 지친 70대의 남루한 노인으로 만들었는가. 일본인가. 조선인가. 역사인가. 제 눈에 눈물이 흐르고, 그분의 모습이 보이지 않게 되었을 때 저는 결심하게 됩니다. 이건 꼭 쓴다. 이건 재현이 아니라 복원이다. 이분들의 역사를 문학과 기억으로 바로 세워야 한다.

그분이 소설 속에서, 고구마를 줍다가 일본으로 끌려오는 소년 '성식'이라는 인물이 됩니다.

2

소설 『군함도』는 강제징용의 직접 피해자와 현장을 함께 걷는 것을 시작으로 이루어졌습니다.

또한 『군함도』를 위해 수집한 자료들은 제가 '간접자료'라고 분류하는 '일본인은 누구인가'를 알기 위해서 수집한 외연자료와 '직접자료'라고 하는 징용, 탄광, 원폭에 관한 자료로 나누어집니다. 탄광노동에 관한 문화재급 그림책도 있는데 총독부 기밀자료에서부터 징용공의 일기까지, 할 수 있는 거의 모든 자료를 살피고자 했습니다. 그러나 중요한 것은 이런 문서나 사진이 아니라, 제 체험이었습니다. 저는 일본을 알기 위해 상당히 깊이 가부키를 공부했고, 정식으로 일본의 다도 우라센케(裏千家)를 배웠습니다.

소설 『군함도』는 수면 위에 떠 있는 얼음덩어리(Iceberg)일 뿐입니다.

작품을 수면 위에 떠 있는 얼음이라고 할 때, 물속에 잠겨 있는 보이지 않는 얼음에는 개인의 삶을 와해시키고 인간을 인간답게 살지 못하게 하는 거대한 죄악이 도사리고 있습니다. 작품은 물 위의 얼음으로 물속에 잠긴 얼음을 독자에게 환기시키면 되는 것입니다.

그런데 저는 『군함도』의 전작 『까마귀』에서 물속에 잠긴 얼음의 실체를 그리려 했었습니다. 인간의 삶을 파괴하는 그 시대와 제도, 그리고 전쟁까지 모든 것과 문학적으로 맞서려고 했던 겁니다. 그러나 그것은 불가능한 일이었고 문학이 그려낼 수 있는 본질도 아니었습니다. 로시난테를 타고 창을 들고 달려가는 돈키호테이고자 했던 거지요.

개작의 방향을 두고 저는 끊임없는 유혹에 시달렸습니다. 이 과정에서 차라리 3배쯤으로 늘려 15권 분량으로 더 많은 것을 소설 속에 담는 것이 어떨까 생각도 했었습니다. 그러나 그것은 '이룰 수 없는 꿈'이었습니다.

아무리 많은 것을 소설 속에 담는다 해도 한 시대와 진실을 '다 담는다'는 것은 불가능합니다. 이루어질 수도 없고, 이루어낼 수도 없는 일이라는 것을 알고 이 꿈을 포기하기에는 각성에 가까운 고통이 뒤따라야 했습니다.

결국 저는 압축을 통해 물 위에 뜬 얼음을 명료하게 그려냄으로써 서사적인 완성도를 더하자는 쪽으로 방향을 잡았습니다. 압축된 함의를 통해 상징적으로 시대와 진실을 그려내기로 하자는 것이 『군함도』가 택한 마지막 길이었습니다. 그렇게 작업이 진행되자 어느 순간 주인공들이 살아 움직이기 시작하더군요.

원폭 투하 속에서도 마지막으로 주인공 지상을 살린 이유는 희망 때문이었습니다. 조국에 돌아가, 피폐한 식민지 시대를 걷어내고 희망을 만들어갈 사람은 우석이 아니라 지상이라고 본 것은 이 작품의 작의(作意)이기도 합니다. 그 과정에서 둘 다 죽는 경우, 우석을 살리는 경우, 지상을 살리는 경우, 셋을 다 검토하고 써보기까지 했습니다.

3

나는 왜 이 소설을 썼는가. 오늘 자신에게 묻습니다.

일제강점기 피해 당사자의 증언을 토대로 역사를 복원하고 문학으로 기억한다는 작가적 의무 속에서 27년을 보냈습니다. 그들의 증언이 말하는 체험은 단순한 비극이 아니라 식민지 범죄였습니다.

인간은 살기 위해 태어납니다. 그러나 자신이 책임져야 할 몫이 아닌 불행과 끝임없는 불평등과 삶 그 자체를 뒤흔드는 압제 속에서도 언제까지 살아가야 하는가는 오랜 의문으로 남았습니다. 아닙니다. 인간은 그런 모든 것을 감내하면서도 살아서는 안 됩니다. 인간은 자신의 자유를 위해 싸워야 할 때 그 싸움을 두려워해서는 안 됩니다. 그는 일어나야 하고 싸워야 하고 스스로를 지켜야 하고 그 가치를 위해 자신을 불사를 수 있어야 합니다. 그것을 말하기 위해 저는 이 소설을 썼습니다.

지난해 일본 정부가 추진한 군함도의 유네스코 세계문화유산 등재와 연결시켜 살펴볼까요. '오욕의 역사', 네거티브 헤리티지(Negative Heritage)도 당연히 유네스코 문화유산으로 등재되어 왔습니다. 다시는 되풀이하지 말아야 할 역사적 유산으로 후세들에게 전해서 교훈으로 기억하자는 것이지요.

2009년 일본어판 『군함도』가 출판되었을 때 저는 일본 언론과의 만남에서 '군함도의 문화적 가치는 인정한다. 그러나 거기에는 조선인 징용자의 희생과 공헌이 있었음을 밝히지 않으면 안 된다'고 분명히 했습니다.

군함도의 세계문화유산 등재에 '징용에 의한 강제노역'이 있었기 때문에 등재해서는 안 된다는 한국의 일부 대응은 잘못된 것이었습니다. '안 된다'가 아니라 '강제노역을 명시하라'고 적극적이고도 집요하게 밀고 나갔어야 합니다. 국내 여론이나 들끓게 했을 뿐, 결국 우리는 아무것도 얻은 게 없습니다.

과거사 문제에 있어 중요한 것은 '피해자로서의 우리'가 이제부터 해야 할 일입니다. 피해당사자가 살아 있을 때까지는 그 과거사는 살아 있는 현재입니다. 그러나 그분들이 세상을 떠나면서 이 현재는 과거로 화석화됩니다. 사람들은 하나씩 잊어가고, 지겨우니 '이제 좀 그만하라'고 말하는 집단이 생겨나고, 해결이나 청산에 대한 노력은 힘을 잃습니다.

이때 필요한 것이 과거에 대한 '문화적 기억'입니다. 그것을 여전히 살아 있는 오늘의 문제로 만들어가기 위해서는 '문화적 기억'이 나서야 합니다. 기념관의 전시물이 아닙니다. 소설이 이야기하고 영화가 환기시켜서 분노를 끓어오르게 하고 연극과 뮤지컬이 슬픔으로 눈물짓게 하고 노래와 춤이 사라지는 이 과거가 화석화하는 것을 막으며 끊임없이 현재의 것으로 되살려놓아야 합니다. 문화적 기억만이 해낼 수 있는 일입니다.

그렇기에 우리의 반성을 이야기하지 않을 수가 없습니다. 우리에게 일제강점기를 다룬 소설이 몇 편이며 영화는 무엇이 있습니까. 무슨 노래가 있으며 춤이 있습니까.

1945년 8월, 나가사키 피폭 후 구조대로 들어간 일본인들은 부상자들 가운데 '어머니' '물 좀 주세요' 하고 조선말로 신음하는 사람들을 버렸습니다. 게다가, 한국 사람은 이상스럽게도 사고를 당하면 '도와주세요' 하지 않고 '사람 살려라' 하고 소리칩니다. 자신을 제3자로 객관화시킵니다.

일본인 구조대는 '사람 살려!'라고 모국어로 소리치는 조선인을 '조센진'이라고 경멸하면서 들것에 싣고 가다가도 전부 버렸습니다. 살 수도 있었던 조선인이 그래서 더 많이 희생되었고 8월의 불타는 태양 아래서 죽어가야 했습니다. 이 사실을 알고 난 후의 내 삶은 그 이전과 선을 긋게 됩니다.

소설 『군함도』는 써야 하는 소설이 아니라 쓰지 않으면 안 되는 소설이었습니다.

기록하고 기억하겠다는 욕심으로

이혜경

1960년 충남 보령에서 태어나 경희대 국문과를 졸업했다. 1982년 《세계의문학》
에 『우리들의 떨켜』가 당선되어 작품 활동을 시작했다. 소설집 『그 집 앞』 『꽃그늘
아래』 『틈새』 『너 없는 그 자리』, 장편소설 『길 위의 집』 『저녁이 깊다』 등이 있다.
오늘의작가상, 한국일보문학상, 현대문학상, 이효석문학상, 이수문학상, 동인문
학상 등을 수상했다.

글을 쓰기 시작한 지 몇십 년이 흘렀지만, 아직도 나는 잘 모른다. 내가 어떻게 쓰는 것일까. 안개처럼 흐리마리하던 생각이 글을 쓰는 동안 정돈되고, 그리하여 마침내 한 편의 글이 되는 과정은, 오랫동안 해오면서도 늘 신기하다. '나는 어떻게 쓰는가?'라는 청탁을 덥석 받아들인 건, 어쩌면 나 자신에게 다시금 묻기 위해서가 아니었을까.

"선생님은 어릴 적부터 작가가 되고 싶었어요?"
에콰도르 수도, 키토의 한글학교에서 한 학생이 물었다. 한 달에 한 번, 중고생들과 함께 하는 글짓기 수업시간이었다. 3년 뒤에는 한국에 가서 입대해야 한다면서, "한국에 전쟁이 날까요?" 하고 진지하게 물었던 남학생이었다. 이런 질문 앞에선 언제나 쩔쩔매게 된다. 머릿속이 하얘지는 기분이었다. 내가 어릴 때부터 작가를 꿈꾸었던가.

"어릴 땐 그런 생각 하지 못했어요. 그냥 책 읽고 글 쓰는 게 좋아서 늘 그렇게 하다 보니 여기까지 왔네요"라고 대답하고 나서 다시 생각하니, 시골에서 자라던 어릴 땐 글 쓰는 게 직업이 될 수 있다는 상상도 하지 못했던 것 같다. 게다가 이렇게 먼 나라에 와서 학생들에게 글쓰기를 가르친다는 명목으로 만나게 될 줄은 더더욱. 청소년기의 외로움에 외국생활까지 겹친 중고생의 외로움을 조금이라도 달랠 수 있을까 하면서 자원봉사로 시작했는데, 한글학교에서는 교통비 명목으로 갈 때마다 돈이 든 봉투를 주었다. 내가 수도인 키토가 아니라 거기서 버스로 두 시간쯤 떨어진 오타발로에 살기 때문에 배려한 것인 듯했다.

지난 시간에 내준 작문 숙제를 보내온 한 학생은 "현생이 바빠서" 일기를 제대로 쓰지 못했다고 했다. 그런 뒤에, 뒤늦게 이 교실에 합류해서 다른 아이들과 화합하기 어렵다는 심정을 숙제와 함께 보낸 이메일에서 토로했다. 그러잖아도 이 학교를 맡은 선생님이 학생 명단을 보내준 뒤 '최근에 새로 온 학생이 있다'고 했는데 바로 그 학생이었다. 숙제를 낸 학생이 적어서 이번 시간에는 "여러분이 쓰고 싶은 주제를 말하고 그중에서 고르기로 하자"고 말했다.

첫 시간은 학생들의 성향을 알고 싶어서, 학생들이 좋아하는 단어들을 말하게 했다. 사랑, 만족, 기쁨, 엄마, 아빠/엄마, 아빠, 우정, 행복, 에콰도르, 한국, 나무, 과일/사랑, 동생, 여행, 남미, 파티/라면, 밥, 고기, 친구, 아보카도/엄마, 언니, 오빠, 주스, 고양이, 초콜릿, 미술, 예수/엄마, 아이스크림, 운동, 컴퓨터, 말, 별/엄마, 누나, 큰엄마, 큰아빠, 할아버지, 할머니, 토끼/엄마, 삼겹살, 라면, 여자, MC 단백질, 탄산음료, 밥/기쁨, 만족, 행복, 축구, 공, 농구, 밥/엄마, 참치, 치킨, 후드티, 신발 등등. 가족과 반려동물, 먹을 것의 이름이 거의 공통적으로 나왔다. 그래도 중고생이니 한창 사춘기일 텐데 엄마, 아빠와 가족이, 좋아하는 단어에 공통적으로 등장한다는 것이 신기했다. 어쩌면 외국에서 사니까 가족이 더 가깝게 느껴질지 모른다고, 나는 그냥 짐작만 했다.

혼자 있을 수 있는 곳. 어릴 적부터 나는 그런 공간을 원했다. 워낙 많은 식구들이 북적이는 집이라서 더 절실했는지 모르겠다. 제법 살아낸 뒤, 낯선 나라에서 모르는 사람들 틈에 끼여 야간버스를 탈 때면, 이대로 내가 사라져도 나를 아는 사람들은 아무도 모르리라는 생각이 이상하게 위안이 되었다.

에콰도르에서 머물게 된 건 거의 우연이었다. 오래전, 한

때 알고 지냈던 사람이 내게 물었다.

"외국 중에서 가고 싶은 곳이 있어?"

그때 나는 대답했다.

"아일랜드와 남미요."

아일랜드는 제임스 조이스의 『더블린 사람들』 때문에, 남미는 가브리엘 가르시아 마르케스의 『백 년 동안의 고독』 때문에 가보고 싶은 곳이었다. 그런데 남미에 오게 되었다. 마르케스가 태어난 콜롬비아는 한국에 가느라 잠깐 들렀을 뿐이었다.

이십여 년 전, 한국국제협력단의 단원으로 인도네시아에 이태 머무른 적이 있었다. 그때 알게 된 단원 한 명이 몇 해 전 에콰도르로 부임했다면서 '공항에 내리는 순간, 언니 생각이 났어요. 언니가 좋아할 만한 곳이라고요. 같이 온 다른 단원도 전에 언니 만났잖아요. 그 친구도 똑같은 생각 했대요.' 하고 말했다. 그 친구는 내가 책을 내고 가졌던 낭독회 겸 작가와의 대화 시간에 낯선 단원과 함께 왔었다. 그때 그 단원도 함께 에콰도르로 부임한 모양이었다. 그 말을 들으니 에콰도르가 궁금해졌다. 문화예술위원회 지원으로 갔던 쿠바 레지던스 기간이 끝나자 바로 이리로 왔다. 후배는 키토의 자기 집에 머물라고 했지만, 수도의 번잡함이 힘거운 데다 혼자 머물러 버릇해서 지방 도시인 '꼬따까치'에 집을 구했다. 와서 보니, 안데스 산맥이 흐르는 곳이었다. 그곳에서 9개월 살았다. 늘 구름에 싸여 있던 동네 뒷산, 어느 날 구름 걷히더니, 홀연 눈 덮인 산정을 보여주었다. '아니, 동네 뒷산에 눈이라니!' 하면서 검색했더니 4,000미터가 넘는 높이였다. 하기야 마을이 있는 꼬따까치도 해발 2,000미터가 넘었으니. 페루에서 살다 나를 만나러 온 친구는 높은 곳이라 걷기가 힘들다면서 잘 걷는 내가 더 이상하다고 했다. 비행기표 때문에 한국에 돌아갔다가, 이듬해 다시 왔다.

혼자 있을 수 있는 곳이고 서툰 말 때문에라도 말을 덜해도 되는 곳이었다. 아무래도 혼자 있으면 글쓰기에 전념하기 좋을 거라는 기대도 있었다. 오래전, 첫 장편을 쓰기 전부터 쓰고 싶어서 자료만 열심히 모은 소설감이 있었다. 그 자료를 위해 국회도서관이 가까운 곳의 고시원에서 한 달 머물며 도서관으로 출퇴근했다. 그런데 여기 와서 보니, 유튜브에 웬만한 영상들은 다 올라와 있었다. 한동안은 유튜브에서 동영상을 다운로드받고, 그걸 푸는 데에 시간을 거의 다 쏟았다. 50분짜리 동영상을 이곳 인터넷 사정 때문에 밤새 받고 나면 그걸 푸는 데에는 그 다섯 배쯤 되는 시간이 걸렸다. 그 동영상들이 알려주는 어떤 결이 마음에 자취를 남겨, 쓰고 싶은 이야기들이 마음속에서 뭉게뭉게 피어났다. 자료를 모으다 보니 그 뭉게뭉게에 질식당할 듯했다. 여기 머무는 동안, 최소한 그 한 편은 마치고 가야 나 스스로에게 떳떳할 것 같았다.

시간을 활용하느라 자원봉사 형식으로 시작한 일이었지만, 실제로는 동화와 청소년 소설을 쓰겠다던 또 다른 포부를 실현하기 위해 그 또래의 청소년들을 만나고 싶은 마음이 '재능기부'라는 근사한 말 뒤에 깔려 있었다. 동화를 쓰는 후배에게 내가 동화를 쓰려 한다니까 반겼다. '동화는 제한이 없다'는 게 그 후배의 말이었다.

두 번째 시간, 학생들에게 그동안 내가 읽은 청소년 소설들을 권하려고 목록을 적어보았다. 『내 인생의 스프링 캠프』『책도둑』『동급생』『바벨탑의 쪽방』『아몬드』등등. 『책도둑』은 오래전 나에게 '청소년 소설이 이런 것일 수도 있구나' 하는 깨달음과 더불어 외국 청소년들이 이런 책을 읽으며 사유의 폭을 넓혀 나갈 때 교실에 갇혀 입시 지옥에 시달리는 우리나라 청소년을 다시금 생각하게 한 좋은 책이었다. 아마도, 그 책을 읽고 난 뒤에 '청소년 소설을 써봐야지' 하는 마음이 더 강렬해졌을 것이다. 그런데 『책도둑』은 전자책으로 나온 게 없었다. 이곳이 한국이 아니라서, 되도록 학생들이 구하기 쉬운 전자책 중심으로 소개를 해야 했다. 『책도둑』을 제외한 다른 책들은 이미 전자책으로 나와 있었다.

그 수업을 마친 얼마 뒤, 뒤늦게 한글학교에 합류해 아이들에게서 소외감을 느끼는 N이 과제물과 함께 보낸 메일엔 『내 인생의 스프링캠프』를 소개해주어 감사하다고, 전자책으로 구입해서 단숨에 끝까지 읽었다는 내용이 덧붙여져 있었다. 다른 학생들보다 꼬박꼬박, 그것도 정한 날짜보다 먼저 숙제를 보내는 N. 그 메일 끝에, 며칠 전이 이 나라에서는 '망자의 날'인데 콜라다 모라다(Colada Morada)와 사람 모양으로 만든 빵을 먹었느냐고 물어왔다. 산딸기를 갈아서 뜨겁게 끓여낸 콜라다 모라다는 집주인 아주머니가 주셔서 먹었고 빵은 못 먹었다고 답장을 보냈다.

글 쓰는 동료와 이야기하다가 말했다. 언젠가 내가 글을 아주 안 쓰게 된다면, 가장 좋은 건 잠들기 전에 머리맡에 수첩을 챙기지 않아도 된다는 거라고. 잠들기 전에 수첩 챙기기는 나에게 일종의 강박 같은 것이 되었다. 슬며시 잠으로 미끄러지다가도 '수첩!' 하면서 몸을 일으킨 적이 한두 번이 아니다. 그렇다고 해서 그 수첩에 뭔가를 꼭 적는 건 아니다. 그저 생각나는 전날 밤의 꿈, 그리고 이따금 외지로 나들이

할 때 버스 안에서 떠오른 상념이며 모르는 스페인어 단어들이 두서없이 적힐 뿐이다. 기록하고 증언하겠다는 생각이야말로 내게 끈질기게 남은, 단 하나의 욕망이 아닐까. 어쩌면, 그 때문에 오늘도 책상 앞에 앉는 건지도 모른다.

한 편의 이야기. 오가다 들은 한두 마디의 문장이 내 마음속에서 맴돌며 떠나지 않을 때가 있다. 그럴 때, '이건 이야기로 풀어서 내보내야겠구나' 하는 생각이 새록새록 돋는다. 그게 목 밑까지 치밀어 오르면 그때부터 이야기를 짓기 시작한다. 때로는 한눈팔면서, 때로는 마냥 걸으면서, 그렇게 이 요소 저 요소들을 첨가해가며 써본다. 쓰고 나서 출력해 다시 교정하고 수정하는 과정, 그 번잡함 속에서, 흐리마리하던 이야기가 선명하게 떠오르는 그 시간을 나름대로 즐기는 듯하다. 그 즐거움은, 그 이전의 막막함, '이게 이야기가 될수 있을까' 하는 회의, 이렇게 책상 앞에 매달려 있느니 나가서 돌아다니는 게 낫지 않을까 하는 불안을 한꺼번에 씻어내줄 만큼 강력하다.

그리고 지금 내 희망사항 중 하나는―세상에, 환갑 다 된 나이에도 아직 희망을 갖고 있다니!― 내 수업에서 숙제를 꼬박꼬박 내는 그 학생이 글쓰기의 즐거움을 알게 되었으면, 그리하여 작가가 되었으면 하는 것이다. 물론 내가 쓰고 싶은 글을 다 써서, 죽음의 자리에 누웠을 때 '아차, 그걸 썼어야 했는데!' 하는 부질없는 미련을 갖지 않는 것도 포함해서. 이 생을 남김없이 써버리고(글을 쓰는 것과 삶을 소진하는 것 두 가지를 다 포함해서—언젠가 어느 공동체에 취재하러 갔을 때, 거기서 가장 인상 깊었던 말은 '완전연소'라는 것이었다. 그때, 이 생을 완전연소하겠다는 욕심이 생겼다. 그래야 다음 세상에 사람으로든 짐승으로든 몸 받아 나오지 않을 수 있을 거라는 기대) 미련 없이 훌훌 육신을 벗어버리겠다는 욕심, 그리고 기록하고 증언하고 싶다는 욕심, 그 두 가지가 오늘도 나를 책상 앞으로 등 떠민다.

사랑하기 때문에

백가흠

1974년 전북 익산 출생. 2001년 서울신문 신춘문예에 단편소설 「광어」가 당선
되어 작품 활동을 시작했다. 소설집 『귀뚜라미가 온다』『조대리의 트렁크』『힌트
는 도련님』『사십사』, 장편소설 『나프탈렌』『향』『마담뺑덕』 등이 있다 .

1

아무것도 이해되지 않던 시절이 있었다. '왜?'에 대한 물음만 있지 도무지 답을 찾을 수 없던 시절이었다. 조금은 염세적이고 비관적인 시간들, 모든 게 마음에 들지 않고 속은 꼬일 대로 꼬여 매듭을 어떻게 풀어야만 하는지 모른 채 하얗게 젊은 날은 흘러가고 있었다. 가끔 책을 읽고 시 같은 것을 적기도 했으나 읽을 수는 없는, 내가 쓰는 게 뭔지 모르겠어서 더욱 궁금한 시절이었다. 시골이 고향인 나는 언제나 학교에서만 지냈어야 했는데, 매일 쓸쓸했다. 학교 수업을 마치면 어딘가 갈 곳이 있는 친구들이 부러웠다. 서울로 향하는 스쿨버스를 놓칠까 노심초사하는 친구들을 붙잡고 술을 마시자고 조른 게 여러 번이었다. 딱히 할 일도 없고 열정도 없던 시간을 한 대학의 제2캠퍼스가 있는 용인에서 보냈다.

열심히 놀았다. 열심히 뭔가 내 안에 있는 체했으며 거짓으로 살았다. 아무것도 중요한 일이 없었음에도 언제나 심각했고, 진짜 숨기고 싶은 일들이 쌓여만 갔다. 솔직하면 손해 본다고 믿었다. 사랑해도 사랑하지 않는 체했고, 싫어해도 좋아하는 척했다. 그런 것을 배웠다. 2년 만에 입대하기 위해 학교를 벗어났지만 나는 여전히 학교 주변을 맴돌았다. 갈 곳이 없기 때문이었다.

2

창피했던 한 순간이 떠오른다. 초등학교 3학년 때인가, 체육시간이었다. 담임선생님 이름은 이봉구였다. 체육시간에 이어달리기를 했었다. 그때도 나는 공부가 시원찮았다. 부잣집 아들도 아니었으니 친구들에게 별 인기가 없었다. 유일하게 달리기를 잘 했었나, 지금도 운동장을 돌며 맞던 차가운 공기가 생생하다. 열심히 뛰었는데 운동장을 돌고 나니 친구들이 나를 놀렸다. 겨울이었는데 안에 입은 내복이 바지 기장 밑으로 모두 밀려나와 있었다. 엄청 큰 내복을 입고 있던 것인데, 내복을 아무리 추슬러도 바지 안으로 내복이 들어가지 않았다. 어쩔 수 없이 장화를 신은 사람 같이 되었다.

창피했다. 엄청 큰 아빠 내복 같은 것을 입은 것이 부끄러워서 집으로 돌아오자마자 신발주머니를 집어던졌다. 다음 체육시간이 있던 날에 나는 내복을 엄마 몰래 벗어두고 학교에 가서 온종일 덜덜 떨었다. 점심시간에 엄마가 찾아왔다. 추우니 얼른 내복을 입으라는 엄마를 피해 나는 달아났다. 종종 떠오르는 이 에피소드를 나는 좀체 이해할 수 없다. 나는 뭐가 부끄럽고 뭐가 창피했던 것일까. 엄마를 피해 왜 운동장을 돌았을까. 내가 뛰는 모습은 이상했는데, 나는 당시 가장 인기 많았던, 공부도 잘하고 부잣집 아들인 김 모 씨의 달리기 폼을 흉내 냈다. 나만 그런 것은 아니었다. 우리는 다 김 모 씨처럼 뛰었다.

3

중학생 때 나는 확실하게 중2병을 앓았다. 짝사랑하게 된 여학생도 생겼고, 몰래 머리에 무스를 바르고 롤러스케이트장에 가기도 했었다. 물론 골목길에서 깡패들을 만나 신나게 얻어맞은 날도 많았다. 깡패들에게 줄 돈이 있으면 좋겠다고 생각했다. 한 날은 바로 집 앞에서 나보다 덩치도 키도 작은 놈에게 얻어터졌다. 집에 오니 그제서야 분했고, 나를 무자비하게 두들겨 팼던 그가 나보다 덩치도 키도 작았다는 것을 자각했다. 억울해서, 용기를 내서 나는 신발끈을 질끈 묶고 그놈을 만났던 곳으로 아주 천천히 가보았다. 빈 담벼락이 나를 맞았다. 그의 그림자가 있는 것도 같았다. 나는 속으로 다행인 줄 알아라, 나와 다시 마주쳤으면…… 연신 중얼거렸다. 이소룡 영화를 보고 연마한 뒤돌려 차기를 보여줄 생각이었는데, 아쉬웠다. 그런데 이상하게도 집으로 돌아오는 길, 그와 다른 장소에서 만날까 가슴이 두근거렸다. 그때 보았던 그가 서 있었던 빈, 그 담벼락이 가끔, 아주 자주 생각난다.

4

  돌아가신 할아버지와 단둘이 전주에 간 적이 있다. 왜인지는 모르겠는데, 지금도 마찬가지지만 어릴 때부터 내 손가락은 좀 이상했고, 그것 때문에 어머니도 아버지도 아닌 할아버지가 나를 병원에 데리고 가신 듯하다. 할아버지가 많은 이야기를 해 주었지만, 기억나는 것은 별로 없다. 하나만 빼고 말이다. 전주 용머리고개를 넘을 때, 할아버지는 신흥고등학교를 가리키며 어렸을 적 자기가 다닌 학교라고 했다. 그곳은 아버지가 선생으로 있던 곳이었다. 할아버지는 신흥

학교 다닐 때 처음 교회에 간 이야기를 해 주었다. 지금까지 잊지 않고 있다. 할아버지에서 아버지로, 아버지에서 나로 내려오는 어떤 신비하고 신기한 힘에 대한 근원.

5

나는 작가가 안 됐으면 목수가 되려고 했다.

6

대학 때 사귄 같은 과 여자친구는 똑똑했다. 내가 시라는 것을 처음 배우고 소설이 뭔지 몰라서 겉멋에 잔뜩 취해 있을 때 그녀는 가브리엘 가르시아 마르케스를 읽고, 말라르메의 시를 좋아했다. 특이했던 그녀의 이름을 지면에서 본 적 없으니 글을 쓰지는 않는 모양인데(96년 이후로는 보지 못했다) 가끔 나는 그녀 대신 내가 작가가 되고, 글을 쓰는 게 아닌지 곰곰 생각할 때가 있다. 그녀뿐만 아니라 글을 써야만 하는 그 많은 친구들은 뭘 하는지 궁금해진다. 제일 모자라고 재능도 없는 내가 글을 쓴다는 게 이해되지 않는다. 내가 제일 미련했던 것이 아닌가, 그렇다. 이 미련함을 어디에 미룰 수 없으니 이렇게 산다.

7

아버지가 얼마 전 내 사는 곳을 어머니와 함께 다녀갔다. 이상하게도 이제는 셋이 마주 앉으면 쑥스러움이 늘어난다. 아버지도 어머니도 더 많이 늙고, 나도 점점 늙는 것을 서로 느끼기 때문인가. 잊을 수 없는 아버지의 뒷모습이 있는데, 대학에 떨어지고 서울로 재수를 하러 왔을 때였다. 짐을 아버지와 나누어 들고 면목동의 큰아버지 댁으로 향했다. 서울역에서 지하철을 타고 청량리역에서 내려 55-1번 버스를 탔다. 흔들리는 버스에서 균형을 잡으려 아버지도 나도 애를 썼다. 큰댁에 도착했을 무렵엔 점심때였다. 아버지가 서둘러 돌아섰다. 나는 아버지를 배웅하기 위해 따라나섰다. 면목동에서 강남고속버스터미널로 향하던 버스 안에서 아버지는 이런저런 어렸을 적 얘기를 했다. 내용은 다 잊었으나 느낌으로만 남은 막역하고 막연했던 어린 시절의 기억이었다. 아버지는 서둘러 고속버스에 올랐다. 해가 뉘엿뉘엿 지고 있었다. 지금도 돌아서던 아버지의 뒷모습이 종종 생각나는데, 이상하게도 그게 그렇게 슬프다. 뭔가 죄스러운 마음이 들었던 건 그때가 처음이었다. 고작 대학 떨어진 것인데, 마음이 그랬다. 처음 공부라는 것을 열심히 해야겠다고 마음먹었는데, 신통치 않았다. 뭐 그래도 그 기억 때문에 대학이라도 들어갔으니 다행이다 싶다. 재수하고 대학지원서를 쓰던 날, 아버지가 나를 불러 놓고 얘기했다. 나는 변변치 않은 점수를 받아들고 집을 떠날 궁리만 하던 차였다. 전주를 벗어날 수 없을 것 같아 삼수를 해서라도 서울에 있는 그저 그런 대학이라도 가야겠다고 마음먹고 있던 때였다. "글을 써보면 어떠냐. 내 보기에 재능도 좀 있는 것 같은데." 아버지가 말했다. 글을 쓰고 싶은 생각은 전혀 없었지만, 다시 서울로 간다는 생각에 망설일 이유가 없었다. 글을 쓰는 게 힘들 때 그때 아버지가 해 주었던 그 말을 상기하곤 한다. 아버지 보기에 재능이 있다면 찾아야 할 것. 뭔가를 쓸 때 그 정도면 자신감 충만하다.

8

데뷔하면 모든 게 끝날 줄 알고 너무 좋아했다. 남가좌동 옥탑방에서 동생 다흠과 둘이 살 때였는데, 우린 부둥켜안고 방방 뛰었다. 그때가 좋았다. 그날 이후 나는 왜 글을 쓰는지

매순간, 매일 묻지만 아직도 답을 얻지 못했다. 그냥, 써야할 때 쓴다. 그게 다.

9

글을 쓰면서 가장 행복하고 좋은 일은 글 쓰는 좋은 친구들을 얻었다는 것이고, 두 번째로는 글을 쓰려는 많은 학생들을 알게 되었다는 것이다. 모두가 허물 많은 나를 좋아할 수는 없었겠지만 어쨌든 나로서는 그들에게 최선을 다했다. 감사하고 고마운 일이다. 나는 그게 문학의 숙명이라고 여긴다.

10

첫 책을 출간하고 나는 처음으로 우울증을 앓았다. 내가 무슨 짓을 저지른 것인가, 방에 틀어박혔다. 쓴다는 것에 대한 의미는 무엇인가, 자문했다. 여름 내 원주토지문화관에서 말도 되지 않는 것을 끄적거리다 나왔다. 그곳에서 윤대녕 선생 등을 처음 만났다.

선험적인 작가의 경험은 항상 작은 것이라도 일깨움을 주곤 했다. 작가이기 때문이라기보다 작가이고 싶은 시절이었다.

11

모든 것이 내 뜻과는 반대로만 흘러가기 시작했다. 스물일곱 데뷔 이래 한 번도 뭔가 순탄한 적이 없었다. 삶은 언제나 고되고 나는 글을 쓰기 위해 시간을 벌어야만 했고, 그 시간을 벌기 위해서 노가다도 망설임 없이 나가야만 했다. 주말의 이른 새벽에 경복궁역 근처, 성심인력에 나가 노가다 일거리를 구하곤 했다. 글을 쓴다는 게 창피해서 인력사무소에서 물으면 학생이라고 답하곤 했다. 몰래 돈을 벌었고 대신 아무 것도 하지 않고 소설만 쓸 수 있는 시간을 벌었다. 이후에는 노가다 대신 학원에서 국어를 가르치기도 했고 대필을 닥치는 대로 했다. 책 한 권 분량의 원고를 한두 달 정도에 뽑아냈다. 대필이 들어오면 학원을 그만두었다. 받은 돈으로는 예닐곱 달을 버텼다. 이 무렵 두 번째 소설집이 나왔지만 그래서 그런지 기쁘지 않았다. 실은 내가 준비한 것은 그때 모두 끝났다. 나는 소설을 써야겠다고 마음먹은 뒤 단편소설 두 권 분량 정도의 계획밖에는 없었다. 뭘 써야 하는지, 어떻게 해야 하는지 알지 못한 채 시간이 계속 흘렀다. 출판사 창비에 자리를 얻어 일주일에 이틀 나가기 시작했다. 위안이 되지 않았다. 인생에 있어 하지 말아야 될 일 천지지만 그 일은 정말 하지 말았어야 될 일이다. 하지만 나는 이후에도 쉬지 않고 출판사 일을 병행해왔다. 생활은 전보다 나아졌지만 대신 세상에 대해 사회에 대해 더 염세적이 되어 갔다. 불만과 자괴감은 극에 달했고, 그러던 중 노무현 대통령이 죽었다. 광화문 노제에 갔고 그곳에서 아주 하찮은 다짐일 수 있으나 내 맘대로 살겠다고 결심했다. 하지만 내 마음은 좁고 편협하고 아주 작았다. 내가 할 수 있는 일이 별로 없어 자괴감은 커져만 갔다. 시간 강사 일을 해서 생활을 했다. 3년 전한 선생님이 내 이력서를 보더니 10년 안 되는 시간 동안 내가 강의한 시간이 보통 교수들의 26년 치에 버금간다는 말을 듣고 강사 일을 그만두었다. 나는 지쳤고, 실제로도 몸이 다 상해 있었다. 요양차 강원도 영월에서 천명관 선배와 함께 지냈다. 아름답고 아련했던 강원도의 힘, 느낄 수 있었다.

12

이젠 그만 써야겠다고 마음먹은 게 여러 번이었다. 가능하다면 이제껏 출간했던 책을 모두 절판시키고 어디 먼 나라로 가서 작은 식당이나 하는 게 꿈이 되어버렸다. 그렇게 굳게 결심하고 떠난 여행길에서 나는 또 뭔가를 쓰고 있었다. 제 길, 빌어먹을, 이상한 팔자를 벗어날 수 없다는 것을 알았다.

13

내 꿈은 그리스 크레타의, 사람들(한국 사람들)의 발길이 잘 닿지 않는 곳에 일본식당을 내고 식당 테라스에 앉아 매일 허물어지는 석양에 온 맘과 온몸을 내던지는 것이다.

14

살아온 모든 게 죄다. 작년 가을부터 스스로 교회에 나가 기 시작했다. 자꾸 울고 싶어졌기 때문인데, 뭘 어떻게 해야 되는지 알 수 없었다. 어떻게 살아야 하는지 의문을 풀 수가 없었다. 뭔가를 쓴다는 것도, 무엇을 읽는 것도 무의미했으 나 신께 자비를 비는 시간만큼은 반성과 후회를 정확히 읽어 낼 수 있는 시간이었다. 나의 존재 자체가 죄다. 그것만은 확 실히 깨달을 수 있었다. 그렇다면 나중에 글을 써도 될 것만 같았다.

15

나는 아직도 내 얼굴을 떠올리면 이십 대의 어느 한 부분
에 머물러 있다. 철이 없다, 지금도.

16

이성복의 시를 좋아했다. 감성적이면서 때론 깊이 있고,
멜랑꼴리 안에도 품위가 있었다. 아직까지 싫어하는 소설가
는 없다. 내게는 장점만 읽힌다. 내가 갖지 못한 것들을 가진
그들이 부럽다. 하지만 질투도 나지 않으니 나는 문학에 대
한 열정이 부족한 것만 같다.

17

아직까지 조그만 상도 하나 타지 못했다. 십 년 전쯤에는
'아, 나보고 그만 쓰라는 건가', 생각한 적도 있으나 이제는
별 생각이 없다. 아주 오래전부터 내 소설이 얼마나 후진지

알게 되었기 때문이다. 그 수준을 맞추지 못한 것이니, 내게
는 아직도 기회가 있는 것이라고, 잘 써봐야지 그런 마음이
들다가도, 그만하고 싶다. 왜 글은 쓴다고 해가지고, 이렇게
복잡하고 머리가 아픈지 모르겠다. 지금이라도 그만두고 싶
다.

18

어떤 일에 막히면 '돌이킬 수 없는 것들은 돌이킬 필요가
없는 것이어야 한다.'[2]라는 문장을 되뇌곤 한다.

19

왜 쓰냐면, 이 모든 순간과 순간의 기억을 사랑하기 때문
에 쓴다.

20

자주 죽는 순간을 상상한다. 머지않을 수도 있고 나중일

2 이인성, 『낯선 시간 속으로』, 문학과지성사, 1983.

수도 있겠으나, 언제나 드는 감정은 자유롭다는 것이다. 이 순간을 상상할 때마다 나는 언젠가 보았던 그리스의 한 해변에 앉아 바다 속으로 침몰하는 태양을 바라보고 있다.

'빈 문서 1'의 시작과 끝

조해진

1976년 서울 출생. 2004년 《문예중앙》 신인문학상에 중편소설 「여자에게 길을 묻다」가 당선되어 작품 활동을 시작했다. 소설집 『천사들의 도시』 『목요일에 만나요』 『빛의 호위』, 장편소설 『한없이 멋진 꿈에』 『로기완을 만났다』 『아무도 보지 못한 숲』 『여름을 지나가다』 『단순한 진심』 등이 있다. 신동엽문학상, 이효석문학상, 김용익소설문학상, 백신애문학상, 형평문학상, 대산문학상 등을 수상했다.

1. 새 문서(N)

책상에 앉아 새 문서 파일을 연다. 커서만 깜박거리는 한
글 파일 '빈 문서 1'이 이제 내 생애의 일부를 대신할 것이
다. 내 진짜 생애가 펼쳐지는 세상은 잠시 암전되고 내가 마
주한 '빈 문서 1'에는 환한 조명이 들어오는 것이다. '빈 문
서 1'의 세계는 고심한 시간만큼 문장의 결이 생기고 아무도
대신 써줄 수 없다는 점에서 술수가 통하지 않는, 아직은 정
직함이 절대적인 가치로 통용되는 곳이다. 가끔은 '빈 문서
1'을 차곡차곡 채워가는 나 자신이 시계공이나 구두공 같기
도 하고 뜨개질을 하는 사람 같기도 하다. 그래서 소설가(家)
는 작품 활동이 종결된 이후의 이름—혹은 지위이거나 자격
—이고 활동 중에는 소설공(工)이 더 현실적인 명명이 아닐

까, 가끔 혼자 생각하기도 한다.[3]

물론 저마다의 작업장에서 완성된 시계, 구두, 뜨개질한 옷만큼 내 '빈 문서 1'이 세상에 쓸모를 주는지는 확신할 수 없다. 시침과 분침이 내장되어 있지도 않고 두 발을 보호하는 가죽도 없으며 푹신한 촉감으로 온기를 주지도 못하는, 쓸모를 설계하지 않은, 아니 그것을 염두에 둔 적도 없는 '빈 문서 1'……. 누군가는 그것이 문학의 본분이고 정체성이라고 할지도 모르겠지만, 나는 솔직히 내 작품이 어디에서 어떤 대우를 받고 있는지 알고 싶다. 가끔씩 누군가의 SNS에 인용된 내가 쓴 문장을 구경하는 건, 결국 내 '빈 문서 1'의 쓸모를 기대하는 마음 때문인 걸까.

2. 문서 정보(I)

'빈 문서 1'이 어느 정도 채워지면 문서 정보를 확인하게

---

3 연이어 떠오르는 장면이 하나 있다. 2013년에 한국문학번역원의 레지던스 프로그램에 지원하여 워싱턴 유니버시티 인 세인트 루이스(Washington university in St. Louis)라는 긴 이름을 가진 대학교의 초청으로 5개월간 미국에 체류한 적이 있는데, 그때 교내 낭독회에서 '한국에서 온 노블리스트(novelist)입니다'라고 영어로 소개하자 객석에서 의아한 웃음이 터졌다. 나중에 이유를 들어보니 자신을 스스로 '노블리스트'라고 소개하는 것이 영어권 문화에서도 낯선 일이라고. 하긴 한국에서도 '나는 소설가 누구입니다'가 아니라 '소설 쓰는 누구입니다'라는 소개가 일반적이긴 하다.

된다. 좀 더 정확히 표현한다면 문서 정보의 세부항목인 문서 통계를…. 이 '빈 문서1'의 경우엔 바로 앞 문장까지 1,156자를 썼고 200자 원고지로 환산하면 6.4장이 된다. 전체 분량의 1/5 정도밖에 되지 않으니 아직 갈 길이 멀다.

이런 식으로 '빈 문서 1'들을 완성해왔다.

나는 노트북에서 잠시 시선을 떼고 달력을 찾아본다. 소설 공모에서 당선됐다는 소식을 들은 것이 2004년 겨울이고 지금은 2018년 10월이니 올해로 등단한 지 14년째가 되었다. 생의 1/3 동안 소설을 쓰는 사람으로 살아온 셈이다. 노트북의 '출간도서' 파일에 저장된 일곱 권의 책을 200자 원고지로 환산하여 합산해보니 5,158장+α[4]가 산출된다. 엄청나게 부지런한 작가는 아니었으나 적어도 게으르지는 않았다는 것에 안도한다. 안도하며, 바로 불안해한다. 남은 생애 동안 5,158장을 더 쓸 수 있을까. 플러스 α에서 그 α는 몇 장까지 가능할까. 앞으로 또 어떤 이야기를 쓸 수 있을 것인가. 불안은 끝없이 이어지는 나선형 모양을 닮았다.

---

4 등단 전까지 열다섯 편 정도의 습작용 단편을 썼고, 발표했으나 책으로 묶지 않은 (실패한) 단편들과 앞으로 책으로 묶일 퇴고중인 장편과 단편들도 있으니 5,158은 절대적인 수치가 아닌 것이다. 내게는 그 'α'도 소중하므로 5,158+α로 표현할 수밖에 없다.

3. 미리 보기(V)

그러나 어떤 강력한 불안도 마감 앞에서는 사치이다. 특히나 마감 날짜가 막 지난, 그러니까 이 에세이를 쓰고 있는 바로 '지금' 같은 경우……. 그럴 때 '빈 문서 1' 앞에서의 시간은 너무 빨리 흘러가고 자칫 내가 뭘 쓰려 했는지도 잊게 된다. 미리 보기 기능이 필요해지는 순간이다. 노트북 화면을 채운 문장들을 미리 보기로 훑어보다 보면 난바다에서 부표를 목격한 기분이 든다. 순간 깨닫는다, 내가 쓰고 있는 이 '빈 문서 1'은 '나는 어떻게 쓰는가'라는 짐을 싣고 항해 중인 200자 원고지 30매 내외짜리 조각배라는 것을.

이런 이야기부터 해도 될까.

최근 들어 사람들이 마치 약속이라도 한 듯 자주 건네는 질문이 하나 있다. 출간기념 행사에서, 독립서점이나 시립도서관이 주최하는 강연장에서, 고등학교나 대학교 강의실5에서.

"당신은 언제부터 소설을 썼습니까?"

시기를 묻는 질문이지만 내게는 소설을 쓰는 이유와 방법

---

5 '작가님'이라든지 '선생님'이라는 여전히 익숙해지지 않는 호칭으로 나를 부르는 처음 만난 사람들, 여러 얼굴이면서 하나의 얼굴, 내 소설을 전부 읽은 사람과 전혀 읽지 않은 사람이 섞여 있는 곳.

을 생각하게 하는 질문이다. 언제부터 썼는지에 대해 말하려면 어린 시절을 떠올리게 되고, 그 시절에 소설과 관련된 내 모든 고민과 기쁨이 다 들어 있기 때문이다. 그러니 언제부터 소설을 썼느냐는 질문은 내게 이렇게 번역되어 들린다.

"당신은 왜 소설을 써왔습니까?" 혹은 "당신은 어떻게 소설을 쓰는 것입니까?"

4. 다른 이름으로 저장하기(A)

이제 이 원고에서 피해갈 수 없는 문장들을 써야 한다. 이번 '빈 문서 1'을 쓰는 이유이자 명목이다. 중요한 문장을 써야 할 때면 문서에 이름을 붙여주곤 한다. 제목이 확정되어서이기도 하고 문서가 사라지는 기계적 오류에 대한 노파심 때문이기도 하지만, 사실은 심리적으로 시간을 벌어보려는 행위에 가깝다. 마치 출발선 앞에 서서 괜히 운동화 끈을 다시 매보는 달리기 선수처럼…….

그 시절을 설명하려면 먼저 말해야 하는 것들이 있다. 그때 나는 열 살 무렵이었고 지금과 비교할 수 없을 만큼 내성적이고 소심했다. 열 살의 나는 학교가 싫다. 단순히 싫은 정도가 아니라 지옥 같기만 하다. 학교에서는 친구 한 명 사귀는 것도 쉽지 않아서 나는 늘 혼자 등하교를 하고 혼자 쉬는 시간을 보내고 혼자 우유나 도시락[6]을 먹는다. 나는 반에서 가장 키가 큰 여학생이고 비쩍 말랐고 두꺼운 안경을 쓰고 있다. 작년에 입었던 바지는 키가 크는 속도를 따라오지 못해서 발목 위로 껑충 올라와 있고 교정하지 않은 치아는 고르지 않게 제멋대로 나 있다. 말은 거의 하지 않고 먹구름을 달고 다니는 소녀처럼 표정은 음울하다. 내 외양은 또래에게 호감을 줄 만한 요소가 하나도 없는 것이다. 나는 반에서 점점 투명인간 취급을 받는다. 나는 너무 빨리 외로움의 질감과 형태를 알아버렸다.

그렇게 지옥 같은 학교에서 풀려나면 나는 긴 다리로 휘적휘적 걸어 한걸음에 집에 온다. 대문을 걸어 잠그고 내 강아지와 인사한다. 다리가 짧은 갈색 털의 강아지, 내가 너무 사랑했고 잃었을 때는 한 달을 내내 울면서 지냈던 털 뭉치 생명체……

나는 엄마가 귀가하여 저녁을 차려줄 때까지 강아지와 시멘트로 된 마당에서 논다. 강아지와도 사람과 놀 때처럼 여

---

6 그 시절엔 학교에 급식 설비가 마련되어 있지 않아서 저학년 때부터 도시락을 싸서 들고 다녔다.

러 놀이를 할 수 있다. 소꿉놀이, 숨바꼭질, 고무줄과 공기와 주사위로 갖고 노는 갖가지 놀이들……. 우리는 그야말로 절친이다. 나는 가끔 강아지의 털에 얼굴을 묻고 생각한다. 나는 왜 친구가 없는 걸까.

누가 내게 이런 삶을 살게 한 건가.

인간은 왜 태어나는 것일까.

생각을 하다 보면 어느새 공상이 된다. 공상은 구름처럼 몽글하고 금세 부풀어 오르고 어디든 흘러간다. 내 미래를 상상하다 보면 가상의 인물이 개입하게 되고 그 인물은 늘 예기치 못한 사건과 함께 온다. 인물들이 늘어나고 무대가 확장되고 사건이 복잡하게 얽히게 되면 현실의 '나'는 더 이상 중요하지 않다. 그 이야기 속 '나'는 이제 내가 아닌 제3자인 것이다. 시간이 흐르자 애초에 나 자신이 아닌 제3자의 탄생에서부터 이야기는 다시 시작된다. 나 자신을 기반으로 한 이야기는 썩 재미있지가 않았던 것이다. 한 사람의 이야기는 점점 많은 사람들의 이야기로 번져간다. 옆집에 사는 동네 오빠, 그 오빠의 할머니, 할머니의 어린 시절 친구, 그 친구의 딸들, 딸들의 딸들……. 만난 적도 없고 나와 연루되지도 않은, 순수하게 가상으로 만들어진 허구의 인물들은 어려운 여건에서도 꿈을 키우는 소년, 끔찍한 시련을 겪은 여자(들), 낯선 나라로 입양을 간 아이 등으로 변주된다. 나는 이야기꾼의 기질을 갖고 태어난 사람인지도 모르겠다. 이야기를 재미있게 각색하여 전해주는 이야기꾼이 아니라 내 안의 이야기를 찾아 끊임없이 내면으로 파고드는 광부 같은 이야기꾼…… 물론 그보다 더 중요한 건 이야기를 만드는 동안 하나도 심심하지 않다는 것, 학교에서 겪은 수모를 잊을수 있고 아무것도 나를 아프게 하지 못한다는 것, 그런 것이다. 나는 내 이야기 왕국의 주인이다. 열 살이 되던 해, 꿈은 그렇게 왔다. 작가가 되고 싶다는 꿈, 다른 꿈은 단 한 번도 품어본 적이 없다. 오로지 작가가 되고 싶었다.

5. 인쇄(P)

그리고 그 시절로부터 삼십 년 이상이 훌쩍 지나왔다. 흘러간 세월의 부피감은 실감나지 않지만 5,158+α장이라는 실체는 그 세월이 헛것은 아니었다는 위로를 주긴 한다.

5,158+α장을 쓰면서 문체도 조금씩 바뀌었고 플롯에 대한 개념이나 주제의식도 변화했지만, 한 가지 그대로인 것은 지금도 모든 새로운 작품이 하나의 장면에서 시작된다는 것

이다. 가령 스노우볼을 들여다보는 외로운 소녀가 거주하는 방에서(『빛의 호위』), 혹은 지하철 유실물보관소에 혼자 앉아 있는 직원의 자세에서(『사물과의 작별』). 장면 하나가 마련되면 그때부터는 모든 것을 공상에 맡긴다. 몽글하고 구름처럼 흘러가는, 삼십 년 이상 수련(?)해온 그 즐거운 놀이……. 물론 공상에도 조건은 있다. 더, 더 많은 책들을 읽어야 하고 생각해야 하고, 나는 외로워야 한다. 이제 내게서 외톨이 소녀의 실존을 찾아내는 사람은 (거의) 없다. 내 주위엔 당신의 소설을 잘 읽었다고, 앞으로의 작품도 기대한다고 말하는 사람들이 훨씬 많다. 그럼에도 소설을 쓸 때 나는 그 소녀가 어느새 내 곁으로 쓰윽 다가와 있다는 걸 안다. 나는 지금도, 그 소녀가 돌연 자리에서 씩씩하게 일어나 열린 문 너머로 건너다보는 세상을 그리고 있는지도 모른다.

일단 여기까지…….

여기까지 쓰고, 나는 프린터를 켠 뒤 인쇄 버튼을 누른다. 소리 내어 읽으면 어색한 문장을 발견할 수 있고 감정도 절제되어 좋다. 방금 프린터에서 나온 종이는 따뜻하다, 갓 구운 빵처럼. 따뜻한 종이가 뜻밖의 위로를 줄 때가 있다.

6. 다시, 새 문서(N)

이렇게 원고는 끝나가지만, 내가 완성해야 하는 '빈 문서 1'들은 아직 많이 남아 있다.

나는 어디에서 내 삶의 나머지 '빈 문서 1'들을 쓰게 될까.

지금껏 그래왔듯 서울 어딘가의 조용한 방에서 쓸지도 모르고 지구 반대편의 목가적인 도시나 대륙을 횡단하는 기차 안에서 쓸 수도 있다. 최대한 피하고 싶지만, 슬프거나 아픈 공간도 가능할 것이다. 어디에 있든 누구와 있든, 나는 문장들을 고민하고 있을 것이며 그렇게 또 내 생애의 일부를 '빈 문서 1'에 헌납할 것이다.

'빈 문서 1'은 시간이자 노동이고, 내 모든 것이면서 내가 사는 이유이니까.

나 자신이므로.

이제 조금 쉬었다가, 나는 다시 새로운 '빈 문서 1'을 열 것이다.

죽거나 혹은 나쁘거나
—소설의 인물에 대하여

박민정

1985년 서울 출생. 중앙대 문창과와 동 대학원 문화연구학과를 졸업했다. 2009년 《작가세계》 신인상에 단편소설 「생시몽 백작의 사생활」이 당선되어 작품 활동을 시작했다. 소설집 『유령이 신체를 얻을 때』 『아내들의 학교』, 장편소설 『미스플라이트』가 있다. 김준성문학상, 문학동네 젊은작가상 대상, 현대문학상 등을 수상했다.

오랫동안 나는 인물을 만드는 일에 제법 자신이 있다고 자부해왔다. 창작 강의에서 나는 다음과 같은 인물 제작 과정을 공개하곤 했다. 인물의 생몰년뿐만 아니라, 소설에 드러나지 않을 각각의 세목들을 자세히 구성(가령 인물의 질환 여부, 주민등록등본 변경사항, 거쳐간 학교들에 대한 정보)하여 각 인물의 연표를 만들면 소설의 물적 토대가 훨씬 튼튼하게 형성되리라고 설파했다. 인물의 생몰을 모두 조명한 몇 권의 장편소설을 감명 깊게 읽고 난 후 생겨난 버릇이자 나름의 창작 방법론이었다. 대학 시절에도 나는 시트콤의 드라마 창작론에 깊은 관심을 가졌는데, 까닭은 역시 시트콤이야말로 인물이 이끌어가는 장르라고 생각했기 때문이다. 자기가 만든 세계를 믿기 위해서는 기본적인 물적 토대가 형성되어야 하고, 나는 그 근원을 인물이라고 생각했던 것이다. 정확하게는 내가 만든 인물에 대한 확실한 정보. 그런 생각을 기반으로 내가 만든 인물은 생동하는 캐릭터를 갖고 있으며, 그것이 서사에 기여하고 있다는 믿음을 오랫동안 가졌었다.

그러나 요즘은 의문에 사로잡힌다. 나는 과연 입체적인 캐릭터를 만들고 있는가? 애초에 단 한 번이라도 그런 인물을 만들었던 적이 있었나? 인물이 서사의 기반이 되는 물적 토대로서 존재하기는커녕 소설이 담지한 주제의식을 전달하는 괴뢰(傀儡)로서 존재하지 않았나. 내 소설에 대한 이런저런 평가 중에는 '인물이 작가의 입맛에 맞게 작위적으로 움직인다' '인물의 마음에 도저히 공감하기가 힘들다'라는 말이 도처에 있다. 오랫동안 자신의 창작방법론이라 믿으며 의지를 갖고 설파하던 인물 중심 서사를, 나는 과연 성공해낸 적이 있는가. 한편으로는 이러저러한 평들을 의식하며 스스로의 글쓰기를 의심하는 나는 온당한가, 생각한다. 지금 어떤 독자들의 눈치를 보고 있다면, 과연 나로부터 설정된 가상의 그 독자들은 또 누구인가.

이러한 의문과 고민을 통해 나는 내가 만든 인물들을 하나씩 돌아보게 되었다. 어떤 인물은 일부러 독자의 몰입을 거부하는 듯 마치 서사극의 배우처럼 양식화되어 있고, 어떤 인물은 예의 독자들이 지적한 대로 주제 의식을 말하는 마리오네트처럼 보인다. 그 인물들에 대한 세간의 평가에 대해

방어라도 하려는 듯 나는 인물 만들기의 어려움을 매번 실감한다. 그 실감의 핵심에 흔히 소설이 '정치적'이라고 평가받아온 데 대한 방어기제가 포함되어 있다는 걸 알고 있다.

소설은 어떤 경우에도 정치적이다. 나는 그렇게 생각한다. 현실사회의 문제점을 보여주는 어떤 '정치적 사안'을 다루는 작품만 정치적인 것은 아니다. 더러 그러한 소설과 대척을 이루는 종류의 소설이라고 일컬어지는 깊은 내면을 표현하는 작품도, 몰입이라는 수단을 통해 독자의 마음을 움직이기에 다분히 정치적인 것이다. 나는 꽤 오래 내 작품이 정치적인 것을 넘어서 일종의 프로파간다가 될까 두려워했다. 주제 의식이 선명하고 그것을 날것으로 보여준다는 또 다른 종류의 평가 역시 매우 신경 쓰였던 것이다. 간혹 블로그나 리뷰란에 소설에 대한 감상을 남기는 독자들이 했던 말은 이러했다. 내 기억의 편의대로 요약하자면, '작가는 지나치게 PC(정치적 올바름)함에 경도되어 있으며 인물과 사건 역시 작가의 주장을 뒷받침하기 위해 복무할 뿐'이라는 것이었다. 결국 나는 소설의 인물과 캐릭터성은 작가 자신이 아무리 노력한다고 할지라도 애초에 작가가 가졌던 의지대로 읽히긴 어려우며, 오히려 그렇게 읽히는 것이야말로 프로파간다적인 것은 아닌가, 라는 생각을 하게 되었다.

이와 연관해 내게 여러 가지 의문들을 축적한 계기가 된 하나의 작품이 있다. 길리언 플린의 「나는 언제나 옳다」라는 단편소설이다. 간략하게 내용을 소개하면, 손목에 문제가 생겨 더 이상 남자들의 수음을 대신해주는 일을 할 수 없게 된 주인공이 점을 보다가 이상한 저택에 들어가게 되는 고딕풍의 스릴러다. 이 인물은 처음에는 거북스럽고 다음에는 불쌍하다. 내겐 그런 느낌으로 남았다. 여성 인물이 자신을 초점 화자로 삼아 서사를 이끌어가는 내용인데, 이 원탑 주인공의 캐릭터가 너무나 형편없었던 것이다. 나로선 인물에게 공감하기도 어려울뿐더러 자꾸 일을 그르치는 인물의 미련함과 멍청함이 영 마음에 들지 않았다. 더욱이 소설은 이런 뉘앙스마저 풍긴다. '본디 여성 인물은 누구라도 이러하다'는 듯한 뉘앙스. 나는 이 인물을 놓고 사람들과 토론을 했다. 이 인물은 여성 혐오적인 캐릭터인가, 아닌가. 모든 여성을 대변하는 전형성을 가진 캐릭터일진대, 인물이 보여주는 모습은 너무나도 반여성적으로 느껴졌던 것이다. 토론에서 누군가가, '이런 인물도 쓰여야 하지 않나요'라고 말했는데, 당시에는 그 의미를 잘 이해하지 못하다가 얼마 후 길리언 플린의 인터뷰 번역문을 읽고 그 말을 다시 생각했다. 작가 길리언 플린은 다름 아닌 소설의 주인공이 전경화하는 캐릭터가 여성 혐오적이지 않냐는 질문에 이렇게 대답한다.

"그런 인물을 참아주지 못하는 것이야말로 여성 혐오 아닌가."

생각해보면 내가 만들어낸 인물들 역시 하나같이 온전치 못한 인물들이었다. 여성 인물들의 경우만을 예로 들어보면, 두 형제에게 번갈아 강간과 폭행을 당하면서도 아무런 저항도 하지 않는 인물, 부당발령 전보를 받고 회사에서 쫓겨난 동료를 찾아가지만 결국 아무런 도움을 주지 않는 인물, 어머니를 증오하고 멋대로 다른 여성을 선망하고 또한 다른 여성에게 날것의 폭력을 행사하는 인물. 내가 이 소설들의 독자였다면 처음에는 불쾌하고 다음에는 피곤했을 것 같다. 그런데도 내 소설을 줄곧 견디며 읽어준 독자들 중의 한 명이 내게 이런 말을 해왔다.

"이제는 롤모델이 될 만한 여성 인물을 만드는 것도 좋지 않을까요?"

그 질문을 받고 나는 황망했다. 나는 단 한 번도 소설의 인물을 영웅적으로 그리지 않았던 것이다. 작가 자신이 갖고 있는 인간에 대한 회의 때문일 수도 있고, 영웅적인 인물은 외려 평면적이라 서사에 기여할 수 있는 바가 턱없이 부족하다고 생각했을 수도 있다. 그런데 어떤 독자들은 영웅적인 여성 인물을 원하고 있었다. 길리언 플린의 소설에서 느낀 바와 같이 내 소설의 인물들을 보면 하나같이 무능력하고 폭력적이고 치졸하기 짝이 없기에(그것이 '남성'이든 '여성'이든 간에) 독자들은 쉬이 무력감에 빠졌을 수도 있었을 터였다.

나는 진지하게 생각해보게 되었다. 내가 인물을 만드는 데 공들이는 것과 달리 종종 인물이 생동감 없는 작가의 인형으로 느껴지는 까닭, 여성 중심의 서사를 쓴다고 하면서 자주 반여성적인(반영웅적인) 인물을 내세우는 까닭에 대해서. 이 고민은 내 창작의 중핵이라고도 할 수 있었다. 고민은 결국 작품으로 이어져, 나는 지난 계절에 소설가인 화자를 내세워 인물을 만드는 일의 어려움을 고백한 소설을 발표했다. 주인공은 특이한 이력을 가진 사촌 언니를 소설의 주인공으로 사용하고자 하는데, 오랫동안 취재하고 그녀의 이야기를 귀 기울여 들었음에도 자신이 소설을 쓰면서 그녀를 대상화하고 있다는 생각을 떨칠 수 없다. 주인공은 여러 버전의 사촌 언니를 소설 속에서 재창조하는데, 모든 인물이 그녀에게서 비롯되었으나 역시 모든 인물이 그녀로부터 벗어나 있다는 걸 깨닫게 된다. 또한 소설이라는 장르, 문장이라는 형식이 애초에 대상화를 감수하고 있다는 생각을 하면서도 그것이 자기 창작의 변명이 될 수는 없다는 사실을 안다. 그러므로 누군가에 대해서, 게다가 실존 인물이 배경이 된 어떤 인물에 대해서 쓸 때 '그렇게밖에 쓸 수 없음'을 견딜 수 없는 실존적 고민을 털어놓는 소설이다. 이 작품이 얼마간 성공적이었는지에 대해서는 확신이 없다. 그러나 어쩌면 그 작품이야말로 '나는 왜 쓰는가'에 대한 답변이었으리라는 생각이 든다.

결국 내 소설 속 인물들은 대부분의 경우 생동하지 않고 죽어 있거나, 작가의 입맛대로 움직이거나 둘 중 하나라고 생각하면 가슴이 답답하다. 인물의 입을 통해 중요한 대사를 말하게 할 때, '작가의 마리오네트'라는 말을 귓속에 누군가 속삭이는 것 같아 멈칫할 때가 있다. 사실 내가 설정한 가상의 독자는 바로 작가 자신이었던 것이다. 누구도 그렇게 평하지 않았는데 지레 겁먹었던 거였다.

소설이란 장르에 매혹되어 여기 없는 것을 있는 것처럼 만들어내는 일, 그리고 그렇게 만들어진 가상을 다시 부수는 일, 자신이 믿은 리얼리즘대로 존재할 것만 같은 인물을 만들어내는 일을 거듭해왔다. 그러나 여전히 인물을 만드는 일은 어렵고 다시 못할 것만 같은 작업이기도 하다. 내가 작가임을, 작품은 내가 속한 세계이며 내가 믿는 세계라는 것을 알면서도.

작가는 한 마리 '소'다
─소시민이 아닌, 어떤 시각

류전원

류전원은 다수의 베스트셀러와 수상 경력을 보유한, 오늘날 중국을 대표하는 작가 중 한 명이다. 장편 소설『핸드폰』『만 마디를 대신하는 말 한 마디』『나는 남편을 죽이지 않았다』등의 작품이 영어, 프랑스어, 독일어, 이탈리아어, 스페인어, 일본어, 한국어, 베트남어 등으로 번역된 바 있다. 중국 최고의 문학상인 마오 둔 문학상과 프랑스 문화부 문화예술공로 훈장 기사장 등 국내외 권위 있는 상을 다수 수상했다.

작가에게 '소시민'은 매우 매력적인 묘사의 대상이다. 그들은 소규모의 수공업자, 상인, 자영업자, 별 볼 일 없는 지식인 등으로, 나는 많은 작품 속에서 이 계층에 속하는 사람들을 묘사해왔다. 『닭털 같은 나날』『만 마디를 대신하는 말 한 마디』에 등장하는 두부 만드는 사람, 돼지 잡는 사람, 머리를 깎는 이발사, 소 없는 찐빵을 파는 사람 등이 모두 이와 같은 인물이다.

그러나 소시민의 시각을 작품이나 작가의 시각으로 삼는 일은 절대로 있을 수 없다. 소시민의 시각은 오직 눈앞의 사실에 한정된다는 특징을 지니기 때문이다.

작가는 어떤 시각을 가져야 하는가? 멀리 내다볼 줄 알아야 한다.

2013년에 나는 『나는 남편을 죽이지 않았다(我不是潘金蓮)』라는 소설을 출간했다. 주인공인 리쉐렌(李雪蓮)은 평범한 중국 농촌 여성으로 한 마디 말을 듣기 위해 법정투쟁의 인생 길을 걷는다. 그것은 "나는 행실이 나쁜 여자가 아니다"라는 한 마디였다. 그녀는 촌(村)에서 현(縣)까지, 현에서 시(市)까지, 마지막에는 또 베이징까지 가서 법정투쟁을 하며 20년이라는 시간을 소모했다. 그러나 끝끝내 자신이 원하는 대로 사실을 정정하는 법적 조치에 이를 수 없었다. 처음에는 그녀를 동정하는 사람도 있었지만 나중에 이 법정투쟁은 결국 사람들의 우스갯소리로 전락했다. 20년 동안, 그녀는 결국 자신의 비극을 코미디로 만들어 버린 것이다.

작년 겨울 이 책이 네덜란드어로 번역되어서 나는 출판사의 프로모션 활동에 부응해 네덜란드로 갔다. 언젠가 서점에서 독자들과 교류를 가질 때, 어떤 네덜란드 여성은 이 책을 보면서 처음부터 끝까지 줄곧 웃음을 참을 수 없었다고 말했다. 하지만 또 그녀는 이렇게 말했다. 사람들과 대화를 하면서 아무도 자기 말을 들어주지 않자, 주인공이 자기 집 안에 있는 소 한 마리 앞에서만 속에 든 말을 하게 되는 장면을 보다가 결국 목놓아 울었다고. 이어서 그녀는 말했다. 세상에서 오직 소 한 마리만이 그녀의 말을 들어줄 때, 사실은 또 다른 한 마리 소가 리쉐롄의 말을 듣고 있었던 거라고. 그 소는 바로 이 책의 작가 류전윈이라고.

이 말을 들었을 때, 나는 마치 벼락이라도 맞은 기분이었다. 처음으로 작가가 어떤 존재인지 깨닫게 된 것만 같았다. 작가는 다름 아닌 한 마리 '소'다. 여기서 가장 근본적으로 철학적이면서 수학적인 문제가 제기된다. 세상에서 가장 중요한 사람은 누구인가? CNN부터 BBC까지, 또 NHK에 이르는 모두가 미국 대통령과 러시아 대통령, 독일 대통령은 중요한 사람이라고 여길 것이다. 미디어에서뿐만 아니라 아마도 전 세계의 모든 사람들이 그렇게 생각할 것이다. 이런 사람들의 한 마디 한 마디는 말을 하는 바로 그날 전 세계의 사람들이 모두 알게 된다. 말하자면, 그들의 말은 이 지구상에서 일정한 시간과 공간을 점유한다. 즉 지배면적을 갖는 것이다. 그러나 리쉐렌의 한 마디 말은, 20년 동안이나 알은체하는 사람이 하나도 없었다. 그것은 그녀의 말이 지배면적을 갖지 못했다는 사실을 의미한다. 세상 사람들이 미국 대통령과 러시아 대통령, 독일 대통령은 중요하게 여기면서도 리쉐렌의 희로애락의 감정은 소홀히 여겼다는 말이다. 사람들의 발걸음과 역사의 수레바퀴는 아무런 거리낌도 없이 리쉐렌의 감정을 짓밟거나 깔아뭉개면서 지나가 버린다. 나는 작가다. 제 손으로는 닭 한 마리 잡을 힘조차 없는 나는 사람들의 발걸음과 역사의 수레바퀴를 막아낼 수가 없다. 그러나 나는 글을 쓸 수 있다. 리쉐렌이 속에 든 말들을 꺼내 넋두리를 할 때, 나는 그녀의 곁에 쪼그려 앉아 귀를 기울이는 경청자가 될 수 있다. 지금 이 책은 20여 종의 문자로 번역─당연히 한글 번역본도 있다─되었다. 그리하여 보다 더 많은 경청자들이 그 삶 속에서 전혀 아무런 무게도 지니지 않았던 사람 곁에 쪼그려 앉아 그녀의 말을 들어주게 되었다. 내 능력 때문이 아니다. 이것이 바로 문학의 힘, 문학이 지닌 상상과 시각의 힘이다. 문학의 힘은 삶 속에서는 태양이 비추지 않는 곳까지 빛을 끌어다 비춘다.

2009년에 나는 『만 마디를 대신하는 말 한 마디』라는 소설 한 권을 썼다. 그 이야기 속에는 이탈리아 신부 한 사람이 등장한다. 그는 1900년대 초에 내 고향 허난성(省) 옌진현(縣)에 와서 전도를 한 사람이다. 그가 처음 이곳에 왔을 때 그는 중국어를 하지 못했다. 그러나 40여 년이라는 세월을 지내면서, 그는 중국어를 할 수 있게 되었고, 허난 지역의 사투리를 쓰게 되었으며, 옌진 사투리까지 하게 되었다. 처음 왔을 때 그의 눈은 푸른빛이었으나, 황허의 강물을 많이 마신 탓인지 나중에는 눈동자조차 누렇게 변했다. 처음 왔을 때, 그의 코는 상당히 높았다. 허난 사람들은 밀가루 음식을 좋아한다. 허난 휘몐(燴麵, 얇은 수제비처럼 넓게 밀어 만든 면, 뜨거운 국물에 말아 먹는다) 같은 음식이 대표적이다. 이탈리아 신부는 40여 년 동안이나 밀가루 음식을 먹더니, 코마저도 밀가루 반죽 덩어리처럼 변해 버렸다. 뒷짐을 지고 거리를 걸어갈 때면 옌진에서 대파를 파는 노인들이랑 전혀 구분이 가지 않았다. 그는 40여 년 동안이나 전도를 했지만 겨우 8명의 신도를 얻었을 뿐이다. 그런데도 그는 여전히 마음에 박힌 돌을 빼내지 못하는 미련을 가진 채 바람이 부나 비가 오나 필립스 자전거를 타고 매일같이 마을 구석구석을 돌아다니며 전도를 했다.

그는 황허 강가에서 돼지 잡는 라오쩡을 만나자 곧 그에게 주님을 믿으라고 권했다. 라오쩡이 물었다. "주님을 믿으면 어디가 좋소?" 그가 대답했다. "주님을 믿으면 당신은 스스로 누군지 알게 됩니다. 어디서 와서 어디로 가는지 알게 되지요." 라오쩡이 말했다. "안 믿어도 나는 다 아는데. 나는 돼지 잡는 사람이고 쩡자좡에서 왔지. 그리고 마을 구석구석을 찾아다니며 돼지를 잡는다오." 이탈리아 신부는 생각을 해 보더니 말했다. "당신 말도 맞긴 하네요." 신도가 겨우 8명뿐이었기 때문에 그에게는 교회가 따로 없었다. 그는 버려진 낡은 절에서 살았다. 그는 매일 저녁 잠들기 전에 관음

보살에게 향까지 한 대씩 피워 올렸다. "관음보살이시여, 제게 신도 한 사람만 더 허락해 주십시오." 그래서 그는 마음속에 가득한 교리를 털어놓을 곳이 없었다. 그는 매일같이 이탈리아 밀라노에 있는 여동생의 여덟 살 난 아들에게 편지를 쓰면서 자신의 교리에 대한 뜨거운 열정과 이해를 쏟아 부었다. 그 여덟 살 난 아이는 그래서 자기 삼촌 존 신부가 세상에서 가장 위대한 전도사라고 생각했다. 그는 삼촌이 세계의 동쪽 끝에서 적어도 몇 백 명의 신도를 거느리고 있는 선교사라고 여겼을 것이다. 존 신부가 옌진에서 세상을 떠나던 그날, 돼지 잡는 라오쩡은 그의 시신을 수습하고 장례 준비를 하기 위해 그곳에 갔다. 존 신부의 얼굴에 천을 덮으려다가 그는 종이 한 장을 발견했다. 그 종이 위에는 밀라노 대성당과 같이 웅장하고 장엄한 교회가 그려져 있었다. 라오쩡이 그 종이를 펼쳤을 때 그림은 문득 생명을 얻은 것처럼 살아났다. 교회의 모든 창문이 활짝 열렸고 첨탑 위에서는 은은한 종소리가 우렁차게 울려 퍼졌다. 그제야 라오쩡은 알 수 있었다. 이 이탈리아 신부는 세계에서 가장 훌륭한 전도사였던 것이다. 그는 옌진 사람들을 전도할 수는 없었지만 자기 자신만큼은 분명히 전도했다.

　작년 겨울 프랑스 파리 제7대학(디드로 대학)에서 사람들과 교류할 때, 어떤 프랑스 남성이 프랑스어로 번역된 『만 마디를 대신하는 말 한 마디』를 읽었다고 내게 말했다. 그리고 자신은 이 이탈리아 전도사가 중국에서 했던 모든 일에 대해 무척이나 크나큰 감동을 받았고 오래도록 그 인상을 지울 수 없었다고 했다. 이어서 그는 내게 그 전도사 여동생의 여덟 살 난 아이가 지금 무엇을 하고 있는지 아느냐고 물었다. 나는 순간 대답을 할 수 없었다. 왜냐하면 그 아이는 작품 속에서 한 번도 전면에 등장한 적이 없기 때문이다. 그 아이는 그저 수신자에 불과했다. 그 프랑스 남성은 내게 말해 주었다. "그는 지금 밀라노 대성당의 대주교랍니다."

이 말을 들었을 때, 나는 또 한 번 벼락을 맞은 기분이었다. 그의 생각이 내 생각보다 훨씬 더 멀리, 더 깊이 나아갔기 때문이다. 마침 다음 날 나는 이탈리아 밀라노로 갈 수 있었고, 마침 그 다음 날은 밀라노 대성당에서 미사가 있는 날이었다. 나는 밀라노 대성당으로 갔다. 성당 안은 그야말로 인산인해였고, 미사의식은 너무도 장엄했으며, 두어 시간 동안이나 계속되었다. 대성당의 대주교—벌써 여든 살을 훌쩍 넘은 노인—가 자비롭고 친절한 태도로 느릿한 걸음을 걸으며 앞으로 나섰을 때, 나는 마음속으로 속삭였다. 어르신, 나는 당신을 압니다. 80년 전 존 신부가 옌진에 전도를 하러 왔을 때, 그는 옌진 사람 가운데 누구도 전도하지 못했지만, 자기 자신을 전도하는 데 성공했죠. 더 중요한 점은 그가 만 리나 떨어진 이역 땅에서 이탈리아에 있는 당신을 전도했다 는 사실입니다.

지금 이 책은 20여 종의 문자로 번역―당연히 한글 번역 본도 있다―되어 있다. 하지만 나는 그 책을 쓸 때 내가 아주 멀리, 아주 깊이 내다보지 못했다는 사실을 후회하지 않을 수 없다. 만약 내가 그때 프랑스 남성이 말했던 그런 거리와 깊이를 생각할 수 있었다면, 작품 속의 인물들은 틀림없이 조금 더 멀리까지 나아갈 수 있었을 것이다.

작가라는 사람은 소시민에 대해 쓸 수 있다. 그러나 소시 민의 시각에서만 생각해서는 안 된다. 이것이 나의 관점이 다.

글쓰기는 투쟁이다

푸투 위자야

인도네시아의 극작가, 감독, 배우이자 소설가인 푸투 위자야는 1968년 이후 인도네시아 극의 혁신에 개척자 역할을 한 중심인물로 서양극과 인도네시아 전통극의 미학과 정신적 가치를 혼합하는 것으로 잘 알려져 있다. 환상과 현실을 섞음으로써 푸투는 일상생활의 단조로운 리듬과 현상에 대한 일반적 무감각에 충격을 주기 위한 방법으로 관객과 독자의 마음속에 '정신적 공포'를 자아내고자 한다. 자카르타에 있는 그의 극단인 '테아터 만디리'는 인도네시아의 방방곡곡과 일본, 싱가포르, 미국, 이집트, 독일 등에서 순회공연을 했으며, 그는 40편이 넘는 희곡, 60여 편의 독백, 30편의 장편소설과 20여 편의 단편소설, 5권의 에세이집을 출판했다. 최근작으로 4부작 『당 두트』와 단편집 『KLOP』 등이 있으며, 그의 작품들은 러시아어, 네덜란드어, 독일어, 영어, 불어, 일어 등으로 번역되었다.

아마도 다른 능력이 없기 때문에 나는 글을 쓰는 듯하다. 글쓰기 자체는 내게 기쁨을 주지만, 분명 쉬운 일은 아니다. 나는 글을 통해 생각과 개념 그리고 때로는 통제할 수 없는 내 머릿속 야생의 상상까지도 표현할 수 있다. 글쓰기는 내 벗이고 스승이며 때로는 적이다. 즉, 모든 것이다. 또한 글쓰기는 구원에 이르는 길이기도 하다.

글 쓰는 일은 뇌의 땀을 짜내는 노동이다. 그러나 동시에 휴식이기도 하다. 나는 글을 쓰면서 에너지를 쏟는 동시에 에너지를 얻는다. 농부가 논을 매는 동안, 비록 그 수확이 생계에 충분치 않을지라도 농사일 자체로 자신이 쓸모 있는 사람임을 느끼는 것처럼, 나 역시 글을 쓰면서 나 자신이 무엇인가를 하고 있다는 위안을 얻는다. 글쓰기는 삶의 의미를 갖게 하고, 내가 그저 이 세상에 하찮게 더부살이하는 존재가 아니라는 것을 느끼게 한다.

나는 글쓰기를 통해 사고하고, 무엇인가를 추구하고, 또 기도한다. 상상도 할 수 없고 아무리 손을 뻗어도 결코 만질 수조차 없는, 신 옆에 선 무기력한 나를 본다. 그러한 결과에 상관없이 글 쓰는 일은 나 자신을 더욱 잘 알 수 있게 하기에, 내게는 배우는 과정이다. 내 강점과 약점이 어디에 있는지를 알게 하여 내 탐험의 한계선을 더 잘 알 수 있게 한다.

글 쓰는 일은 나로 하여금 연구하게 하고, 주변과 타인 그리고 내 주위에 흩어져 있는 생각들을 관찰하고 이에 귀 기울이게 한다. 그 과정을 통해 나는 진리란 하나가 아님을 발견한다. 진리는 퇴적되며 때로는 서로 대결한다. 정의, 인간성, 행운, 불운, 그리고 행복도 마찬가지다. 이 모든 것은 갈등을 일으키고 혹은 반목의 시초가 될 수 있는 커다란 가치들을 뚝뚝 흘려댄다.

우리에게 '다름'은 꺼지지 않는 분열과 갈등의 한 원인이 되어 왔다. 그러나 그 다름을 완성의 한 부분으로 여겨 우리가 서로 다르다는 사실을 감사하며 받아들일 수는 없을까? 시각의 다름은 새로운 것을 만들어낼 수 있다. 서로 미워하게 만드는 것은 우리가 그것을 단 하나의 유일한 진리로 믿을 때이다. 글을 쓰는 일은 미워함에 불을 붙이는 행위가 아닌 완성에 불을 붙이는 행위이며, 곧 다름을 드러내는 일이다.

신의 뜻인 유일한 진리와 정의에 대해 나는 감히 말할 수 없다. 그것들은 내게서 너무 멀리 있기 때문이다. 나는 그저 그것들을 발견하려 시도할 뿐이며, 그 과정에서 항상 길을 헤맨다. 그래서 나는 불안한 이로서의 내 존재를 받아들인다. 내게 불안은 신성한 것이다.

그 불안으로 나는 끊임없이 추구하려는 에너지를 얻는다. 그 불안으로 나는 내 문을 활짝 열어두고, 새로운 것이든 낡은 것이든 모든 소리에 귀 기울인다. 그 불안으로 나는 살아간다. 그 불안은 적을 포함한 내가 거부하고 증오하는 모든 것들과 교제하고 또 사랑할 수 있게 하는 교량과 같다.

나는 내가 틀렸을지도 모른다는 것을 항상 염두에 둔다. 내 판단이 틀렸을 때 나는 내가 이미 결론 낸 것을 다시 평가해야 한다. 확신이란 단어는 내게 있어 곧 죽음을 의미한다. 그러므로 나는 삶을 선택한다.

매일이 새롭다. 매순간 성장한다. 그 어디에도 같은 것은 없다. 정말 같은 것들도 우리가 그것을 다시 보고 평가할 때마다 달라진다. 감정과 순간, 그리고 장소를 포함한 모든 것이 달라지기 때문이다. 이는 나로 하여금 지역문화의 현명함에 눈을 돌리게 한다. 발리 사람인 나는 삶이 제시하는 개념, 즉 '장소-시간-상황'에 체화되었다. 이는 글쓰기를 통해 성장했고, 나를 거대한 삶의 미스터리로 인도했다. 세상에 새로운 것이 없는 게 아니라, 우리가 다른 방식으로 세상을 보려고 시도할 때 비로소 모든 것이 새로워진다는 것을 느낄 수 있다.

나는 늘 보이는 것의 이면을 보려 한다. 이를 통해 다른 경이로운 세계를 발견하게 된다. 서커스의 줄타기 곡예는 테러가 되어 이제껏 내가 공들여 세운 것들을 무너뜨린다. 그러나 모든 것이 무너진 폐허 위에 더 신선한 것이 성큼 나타나 나를 놀라게 한다. 동시에 왜소한 내 존재도 느낀다. 내가 알지 못하는 것이 얼마나 많은가. 삶이란 얼마나 완벽하고, 상상하지 못할 것이며, 또 아무리 손을 뻗어도 닿을 수 없는 것이란 말인가.

나는 크나큰 불꽃에 비하면 의미 없는 불티에 불과하다. 그저 내가 해야 할 일은 매 순간 더 깊이 이해할 수 있도록 준비하는 일이다. 이해한다는 것은 변화하며 파도칠 수 있는 준비, 혹은 이제까지 확신한 것들을 뒤엎을 준비가 되어 있음을 의미한다.

테러.

내게 글쓰기는 내적 테러를 창작하는 일이다. 또한 그것은 재평가를 하는 예식이기도 하다. 이미 결정되고 확신한 모든 것을 재해석하는 일이다. 타인을 변화시키기 위해서가 아니라—물론 그러한 일이 생길 수는 있겠으나—타인의 선택에 신선한 바람을 주고자 하는 것이다.

내적 테러는 목적이 아니라 노력이다. 내적 테러란, 말하자면 일종의 불편일 뿐이며 혹 그것이 실패한다 해도 파괴의 나락으로 떨어질 수는 있으나 그 자체로 파괴 행위는 아니다. 항독소를 만들기 위해 신체에 백신을 투여하는 것과 같이 글쓰기는 내게 전복 행위이다.

이따금 나조차 내가 만들어낸 테러를 완전히 통제할 수 없을 때가 있다. 그것은 교육 혹은 세뇌작업과는 다른 것이다. 내가 창작한 내적 테러에서 독자뿐 아니라 작가(나 자신) 역시 테러를 당하기도 한다.

하나의 테러를 끝냈을 때 스스로 놀라거나 자신에게 의문을 던지는 일이 흔히 생긴다. 종종 나 자신이 혼란스러워지고 원인 모를 호기심이 생기기도 하며, 또한 내가 만든 내적 테러에 동의할 수 없을 때가 있다. 그러나 나는 문학작품이란 반드시 동의를 얻어야만 하는 것은 아니라고 생각한다. 문학작품은 생활에 얽힌 일화 또는 개인적인 진술처럼 그저 의미없이 던져질 뿐이고, 그리하여 신경을 자극하거나 감정을 불편하게 할 수도 있으며 또한 논리를 따질 수 없는 것이다. 그저 우리로 하여금 자리에서 일어나 생각하게 하며, 때로는 반박하거나 심지어 작품 속 이야기를 향해 재공격하게 할 수도 있다. 즉, 우리를 삶 속으로 더욱 밀착시키는 것이다.

고등학생 시절(1958~1959년) 덴파사르에 있는 발리 박물관에서 발리 전통화를 구경했을 때, 발리 문화의 현명함이 내 뇌리에 박혔다. 그 당시 내가 본 그림은 여백 없이 꽉 찬 그림이었다. 학교에서 배운 회화의 기술적 관점으로 보자면, 그 그림에는 시각이라는 것이 없었다. 가까운 것과 먼 것이 모두 같은 크기로 그려졌다. 꿈과 현실이 교차했다. 통일된 이미지란 전혀 발견할 수 없는 그림이었다. 그림의 중앙에는 전투가 벌어져 있는가 하면 밑구석에는 저속한 광경이 그려져 있었다. 또한 아나크로니즘 따위는 신경조차 쓰지 않은 그림이었다. 과거를 배경으로 하는 그림에서 스쿠터를 타고 있는 이가 있는가 하면 무기를 들고 있는 이도 있었기 때문이다.

내가 발리에 있었을 때에 그 모든 것들은 매우 자연스러운 것이었으나 학교에서 가르치는 미학은 그 그림을 형편없는 예술작품으로 평가했다. 그러나 시간이 흘러 작가로서의 오랜 방랑 후에 나는 그 그림이 내 집필의 초석이 되었다는 것을 알게 되었다.

발리 전통화에서 발견되는 혼란 그리고 초점의 부재는 삶의 복잡함을 시사한다. 모든 것은 한꺼번에 온다. 슬픔과 기쁨은 한 쌍이다. 그중 어느 것을 선택하여 초점을 둘 것인가는 각자의 몫이며 개인에게 달려 있다. 이는 나로 하여금 창작활동에 있어서 '해석의 다양성'을 숭배하게 만들었다.

시각의 부재, 사실과 사실이 아닌 것 사이의 불명확성, 그리고 현실과 꿈 사이의 무경계, 즉 멀고 가까움이 모두 같다는 것은 나를 육안의 현실에서 나오게 하였다. 따라서 나는 모든 것이 어떠한 경계선 없이 움직이도록 내버려두면서 글을 쓴다. 사실적인 것이란 아직 사실적이 아닌 것이다. 사실적이지 않은 것이 더 사실적일 수 있다. 이것은 발리 문화의 현명함과 같은 맥락이다. 즉, 존재하되 존재하지 않는다. 비어 있는 것이 채워진 것이며 채워져 있는 것이 비어 있는 것이다.

통일된 이미지가 없다는 데에서 나는 삶이 규칙적이고 안정적인 것이 아니라 혼란과 복합성 그 자체임을 깨달았다. 그 그림은 생사를 결정짓는 전쟁터에서조차 인간이 성적 욕망을 지니고 있음을 보여준다. 이는 어떠한 상황에서도 인간에게는 재생산 본능이 항상 존재한다는 것을 말해준다. 실패와 패배에는 항상 약속이 있다. 파괴의 이면에는 새로운 시작이 있다. 테러 안에 평화가 존재한다.

의도적인 왜곡과 뒤틀림은 논리에 반하는 것으로 보일 수 있으나, 사실 그것은 완벽을 향한 행위이다. 그 발리 전통화에서 스쿠터를 타고 있는 이와 무기를 가진 이가 동시에 그려진 것은, 과거와 미래가 실은 현재라는 것을 말해준다. 분리될 수 있는 것은 없다. 과거의 그림은 과거일 뿐만 아니라, 내적 경험을 풍부하게 하는 현재이기도 하다.

발리 문화의 현명한 정신은 내가 발리를 떠난 뒤에 내 안에서 솟아나 활활 타올랐다. 발리를 떠난 것이 오히려 나로 하여금 발리로 돌아오게 만든 것이다. 발리적인 것에 대해 전혀 의식하지 못한 채 무의식적으로, 정말이지 불현듯 나는 내 글에서 발리적인 것을 논하고 발리 문화의 현명함을 펼치고 있었다.

싱아라자에서 보낸 고등학생 시절(1961년) 나는 처음으로 키르조물요 선생님이 연출하는 연극 무대에 서게 되었다. 시인이었던 그분은 내게 글쓰기가 투쟁이라는 것을 가르쳐 주었다. 그때부터 집필할 때면 나 자신을 전방에서 전투하는 군인이라고 생각하게 되었다.

지금까지도 내게 글쓰기는 섹스와 마찬가지로 내적 필수 행위 중 하나이다. 나는 글쓰기에 중독되었다. 글을 쓰지 않으면 내 몸과 생각은 뻐근한 통증을 느낀다. 반드시 당장 글로 써져야 하는 것은 아니다. 내 시선이 향하는 모든 곳에서 글은 스스로 써진다. 사람, 사건, 소식, 말, 형태, 색깔, 냄새, 느낌, 심지어 생각들도 나는 순간 재빨리 낚아채 흐르는 강이 되게 한다. 그 뒤에야 글로 쓴다.

내 작품에는 이따금씩 이야기가 존재하기도 한다. 그러나 이야기는 중요하지 않다. 문학작품(단편, 장편, 희곡)이란 것은 술과 같이 독자를 취하게 하여 최고의 흥분상태로 몰고 가서 결국에는 독자 스스로 개인적인 차원의 사건을 겪게 하는 것이라고 생각한다. 이미 그곳에 이르고 나면 내 작품은 더 이상 중요하지 않다.중요한 것은 독자의 머릿속에서 어떤 일이 벌어지고 있는가, 하는 점이다.

나는 문학작품은 치료와 같은 사회적 기능을 가지고 있다고 생각한다. 독자에게 내적 경험을 선사하므로 내가 만들어 낸 '내적 테러'는 전복행위일 뿐만 아니라 사회기여를 위한 보시이며 따라서 영적인 것이다.

글을 쓰는 데에 있어 내게는 예의범절도 에티켓도 도덕도 정치도 권력도 부끄러움도 심지어는 종교도 없다. 이는 내가 강해서가 아니라 내가 약하기 때문이다. 글 쓰는 세계는 학식 있고 현명하며 도덕적이고 천국에 대한 확신이 있는 사람이 지배하는 세계가 아니다.

글 쓰는 세계는 나처럼 이도 저도 아닌 이, 망설이는 이, 왜소한 이, 말더듬이, 확신 있는 시각을 가지지 못한 이, 늘 헤매는 이, 그리고 자신조차 모르는 그 무엇인가를 추구하는 이를 받아들인다. 그래서 나는 글을 쓰는 일이란 성장하는 것이며 무엇인가를 향해 끊임없이 손을 뻗는 일이라고 생각한다.

이와 같은 생각을 바탕으로 나는 '있는 것으로부터 출발한다'라는 집필 형식을 고안했다. 있는 그대로에서 글쓰기 작업을 시작한다. 그러나 그것은 임의대로 그리고 내 마음대로 무엇을 만드는 일이 아니다. 있는 것으로부터 출발하되 그것을 극대화하여 목표에 이르는 것이기 때문이다. 이와 같은 방법으로 나는 언제든, 무엇이든 글로 쓸 수 있으며 심지어는 글로 쓸 수 있는 것이 더 이상 없을 때에도 글을 쓴다.

나는 모든 문이 닫혔을 때조차 글을 쓸 수 있다고 믿는다. 모든 것이 금지되고 심지어 글 쓰는 일조차 금지되었을 때에도. 글쓰기는 기념비처럼 숭고한 작품을 만드는 일만을 의미하지는 않는다. 생각에 잠기고, 상상하고, 꿈을 꾸고, 쉬는 일조차 작품을 만들 수 있다. 항상 거대한 일만이 소설의 사건을 결정짓는 것이 아니라, 아주 작은 점 하나가 모든 것의 열쇠가 될 수 있음을 흔히 발견할 수 있다.

'있는 것으로부터 출발'하여 내적 테러를 창작하는 목적으로 글을 쓰는 일은 위험부담이 있다. 대중적이기 어렵다는 것이다. 글 쓰는 일에 생계를 의존할 수 없다. 그러나 나는 그 모든 것을 감수한다. 나는 살기 위해 글을 쓰지 않는다. 글을 쓰기 위해 산다. 나는 삶을 지속하기 위해서라면 무슨 일이든 한다. 그래야 나는 계속해서 글을 쓸 수 있다.

나는 내 존재가 나의 가족들에게 불편함을 주지 않도록 오직 컴퓨터 앞에 있을 때만 글을 쓰기로 정해두었다. 내가 속한 사회와 내 가족 안에서 나는 그저 평범한 사람으로서의 자리를 지킨다. 오직 글을 쓸 때만 나는 작가이다.

나는 어디에서건, 또 어느 때건 글을 쓴다. 내게 있어 글을 쓰는 것은 놀이와 같으므로 나는 몇 시간이고 앉아 있을 수 있다. 그러나 집필 작업은 신성한 종교의식이 아니기에 나는 언제든 쉽게 책상을 박차고 떠날 수 있다. 나는 집필 작업을 그저 평범한 작업으로 제한한다. 가족들과 충분한 시간을 보내어 그들이 포만감을 느낀 후에야 비로소 나는 혼자만의 상상 속에서 편하게 방랑할 수 있다.

예전부터 나는 글 쓰는 일이란 고독과 정적이라는 환영에 사로잡힌 이가 하는 일이라고 생각해왔다. 그것은 마치 마하

바라타(Mahabharata)의 아르주나(Arjuna)가 사회의 적, 니와타카와차(Niwatakawaca)를 없앨 수 있는 신성한 활을 얻고자 고행하는 일과 같다.

나는 지금까지도 미완성인 한 편의 시와 에세이 그리고 소설을 쓰는 듯하다. 그래서 나는 계속 일하고 투쟁한다.

나, 내 삶, 내 글

사하르 칼리파

1941년 팔레스타인 나블루스에서 태어났다. 요르단 암만의 로사리 칼리지 고등학교를 졸업한 뒤 1967년 아랍-이스라엘 전쟁 직후부터 본격적인 글쓰기를 시작했다. 1973년에 베르자이트 대학교에 입학하고 그 이듬해 첫 장편소설 『우리는 이제 당신들의 하녀가 아니다』를 출간했다. 이 소설은 팔레스타인 사회에서 여성이 처한 상황과 가정적, 사회적 속박을 벗고 자유를 추구하려는 여성이 맞게 되는 비극을 그리고 있으며, 라디오와 TV연속극으로도 제작되었다. 1980년에 풀브라이트 장학생에 선발되어 미국 채플힐의 노스캐롤라이나주립대학교에서 영문학으로 문학석사를, 아이오와대학에서 여성학 및 미국 문학으로 문학박사를 받았다. 박사 학위 취득 후 팔레스타인으로 돌아가 나블루스에 여성문제센터를 설립하고, 1991년에 가자 지구에, 1994년에는 요르단 암만에 여성문제센터를 개원했다. 2006년 장편 『그림과 아이콘과 구약성서』로 나집 마흐프즈 문학상을 수상했다. 그 밖에 『해바라기』『어느 비현실적인 여자의 회고록』『바붓 사하』『유산』『뜨거운 봄』『가시선인장』 등 다수의 작품이 유럽과 미주 등으로 번역되었다.

이야기는 팔레스타인 땅 나블루스의 한 가정에 여자아이가 태어나는 것으로 시작된다. 딸아이라는 게 원래 환영을 받지 못하는 존재이거니와, 이 아이는 딸만 넷 있는 집에 다섯 번째로 태어난 딸이었으니 아이를 맞이한 것은 눈물과 한숨뿐이었다(그 뒤로도 딸 셋이 더 추가된다). 대를 잇고 재산을 물려받을 아들을 간절히 기다리던 아버지는 딸의 출생이라는 반갑지 않은 사건에 크게 상심했다. 아랍 사회에서 딸은 가문의 대를 잇지 못할 뿐 아니라, 아버지는 5공주의 아비라는 사실만으로도 남자 구실을 하지 못한다는 오명의 굴레를 영원히 벗지 못하리라는 예감에 사로잡혔다. 어머니의 반응은 더욱 심각했다. 자신이 저주받은, 세상에서 가장 불행한 여자라고 여긴 나머지 몇 날 며칠을 그저 울기만 했다. 게다가 이 불운이 단순한 고통으로 끝나지 않고, 남편이 이 일을 구실 삼아 새 여자를 맞을지도 모른다는 두려움에 사로잡혔다.

이런 암담한 분위기에서 나는 이 세상에서의 내 존재의 의미와 가치를 알아차려야 했다. 나는 자신이 쓸모없고 가치도 없는 성(性)에 속한다는 사실을 배웠다. 그리고 무가치한 성의 일원으로서 유아기부터 스스로를 위축시키는 마음가짐을 체득하였다. 시키는 일에 고분고분 순종하는 것, 그리고 생활을 세세하게 간섭하는 법도를 따르는 것이 내 본분이라는 말을 수도 없이 들었다.

굴레에서 탈출하기 위한 수단으로 나는 독서와 글쓰기, 그리고 그림 그리기에 매달렸다. 당시의 나를 대변하고 내 세계관을 압축해 보여주는 그림 한 장이 떠오른다. 그림 제목은 〈담장 뒤〉였다. 그 그림은 장벽을 깨고 뛰어넘기 전의 내 생애 전체를 정확하게 묘사하고 있다. 한 사춘기 소녀가 울타리에 둘러싸인 정원에서 배를 깔고 엎드려 있는 모습이 담긴 그림이다. 담장 너머 정원 내부에는 안쪽을 향해 팔을 넓게 벌린 버드나무가 높이 솟아 있고 소녀는 두려움과 좌절, 그리고 무력감에 사로잡힌 눈길로 버드나무 가지를 응시하고 있다.

〈담장 뒤〉 시절 내내 나는 자신이 사회에 소속된 한 성원(成員)이라고 여기지 못했다. 나는 아웃사이더이자 버림받은 존재였으며, 제물(祭物)이자 안식처 하나 없는 떠돌이 영혼이었다. 첫 작품 『우리는 이제 당신들의 하녀가 아니다』에서 나는 처음으로 다양한 인물을 다루어보았는데, 작중 인물들은 한결같이 출구가 없는 딜레마에 갇혀 있다. 아마도 이 소설은 당시 내가 삼키고 먹고 흉내 내던 실존주의 문학의 영향을 보여주고 있을 것이다. 나는 이런 유의 문학에 심취해 있었는데, 내가 느끼고 신앙하는 바를 실존주의 문학이 형상화하는 것처럼 보였기 때문이었다. 카프카의 「심판」에서 나는 내 자아를 반영하고 내 글이 표현하는 것들을 설명해주는 모종의 이미지를 발견했다. 카프카의 「심판」은 결국 무력한 한 인간—해결책 없는 부조리한 상태에 감금되어 있는 K—의 경험이다. K는 어디에 가든, 무엇을 하든 연거푸 패배와 굴욕, 고통을 당한다. 결말은 저항한다거나 구조를 요청한다거나, 심지어 도주조차 하지 못하고 순순히 '운명'을 받아들이는, 패배주의에 젖은 체념적 멘탈리티를 구현한다.

그즈음 내 반항에 제동을 거는 데 앞장을 선 사람은 바로 어머니였다. 개성이 강하고 의지가 강철 같으며, 꺾이지 않는 자존심과 지성을 지닌 여자. 예전에 나는 어머니의 독선적인 행동이 천성적으로 타고난 엄격함 때문인 줄 알았다. 지금 보면 그것은 스스로를 지키고자 하는 몸부림의 증거일 따름이다. 쉽게 말하자면 어머니는 내가 부정한 짓을 저지르지 않을까 두려워하신 것이다. 거기에는 무가치하고 취약한 성(性)에 속하는 여자애들을 한 무더기 낳았다는 데서 비롯된 뿌리 깊은 죄의식도 한몫을 했으리라. 더구나 나는 그중에서도 가장 성가시고 가장 사탄 같은 계집아이였다. 어머니는 어머니대로 질긴 중압감에 시달렸지만 그런 속내를 내비치기에는 자존심이 허락하지 않았을 것이다. 어머니는 뛰어난 명민함과 타고난 이야기꾼 소질로 두려움을 내면화하고, 겉으로는 강철 같은 강인함과 바위 같은 굳건함을 보여주었다. 어머니는 의연한 자존심 뒤에 공포와 자기 연민으로 가득한 심장을 숨기고 있었다. 어머니는 자신에게 주어진 팔자에 만족하지 못했다.

딸 여덟에 아들 하나라니. 아들이라곤 달랑 하나! 어머니는 우리 식구들 중에서 가장 아름답고 가장 똑똑하고 가장 강인하셨다. 아니, 인근을 통틀어서도 그러했다. 동네 사람들은 누구나 어머니를 여왕처럼 대했고 어머니 또한 여왕 역할에 충실했다. 그러나 한 무더기가 되도록 낳아 놓은 계집아이들 때문에 견디기 힘들도록 뿌리 깊은 죄의식에 시달려야 했다.

나는 어머니의 속마음을 눈치채고 있었다. 어머니가 아무리 아닌 척하고 속내를 안으로 밀어 넣어도 나는 어머니가 감추려는 그것을 알아차리고 있었다. 어머니는 비밀을 알아챈 나를 어떤 방식으로인가 응징했고 나 또한 어머니가 나를 용납하지 않는 데 대해 앙갚음을 했다. 나는 어머니더러 위선자이며 모진 사람이라고 대들었다. 어머니 면전에서 내 소회, 내 고통을 풀어냈다. 나는 분노와 증오에 싸여 폭풍처럼 쏘아대며 고함을 쳤다.

"엄마는 우리 엄마가 아니야. 엄만 감정이 없는 사람이야."

어머니는 나 때문에 몇 차례 우셨다. 어머니는 내 머리통을 부수어버리겠다고 여러 차례 맹세를 하셨다. 그리고 그 말을 실천에 옮기려 하셨다. 시도가 무위로 돌아가자 어머니는 나를 예루살렘에 있는 기숙학교로 보냈다. 그 학교는 가장 엄하고 깐깐한 수녀들—시온주의자 수녀들—이 운영했는데, 그 수녀들도 어머니가 깨지 못한 것을 깨는 데 실패했다. 그래서 어른들은 나를 억지로, 서둘러서 강제 결혼을 시켰다. 이 결혼이 내 마음은 부수었을망정 머리를 부수진 못했다.

결혼생활은 비참하고 파괴적이었다. 이 결혼 때문에 두 딸은 나와 우리 식구 모두가 겪어야 했던 것과 같은 고통을 겪었다. 나는 가족들의 지속적인 격려에 힘입어 결혼 관계를 끝냈다. 나는 단호하지 못했고 목표 설정 또한 분명하지 않았기에 가족들의 응원을 필요로 했다. 가족들이 13년 동안이나 종용하고 압박을 가했음에도 불구하고 나는 단안을 내리지 못하고 있었다. 이것은 아무리 강인한 여자—나한테 이런 표현이 어울린다면—라 해도 모성 앞에서는 약할 수밖에 없고 결단하기를 두려워한다는 증거가 될 것이다. 우리 여성들은 어려서부터 누군가가 대신 결정을 내려주는 데 익숙해 있다. 그래서 여성들은 행동 대신에 제자리에 서서 갈팡질팡 말만 많이 하고, 실행에 옮기지 못하면서 한숨 쉬고 응석 부리며 팔자를 저주하는 데 그치는 것이다. 나 또한 힐미 무라드에게서 구원의 편지를 받기 전까지 여러 해 동안을 망설였다.

무라드는 카이로의 다룰 마아리프 출판사에서 '키타비'(Kitabi)[7] 총서의 편집장 일을 하던 사람이었다. 당시에 다룰 마아리프는 이집트뿐 아니라 아랍 전체에서 가장 크고 유명한 출판사였다. 힐미 무라드는 내게서 위대한 소설가가 될 잠재력을 발견했다는 편지를 보냄으로써 나를 엄청나게 흥분시켰다. 난 그 말을 믿었다. 아니, 온 마음으로 믿고 싶었다. 나는 그런 확인이 필요했다.

내가 무라드의 예언이 빗나가지 않게 하기 위해서 30년이 넘는 세월 내내 온 힘을 다해 일했다는 사실을 하나님께서

7 내 책이라는 뜻

증언해주실 것이다. 나는 노력했고, 지금도 노력하고 있으며, 죽을 때까지 노력할 것이다. 나는 꿈을 밝혀주고, 더 나은 이상(理想)으로, 더 넓은 지평으로 이끌어주며, 지난날의 가치관과 자아의 한계라는 비좁은 공간에서 끄집어내줄 그 무엇에 매달려야 하는 것이 인생의 의미이자 가치라고 믿는다. 우리 여성이 약한 족속이라고? 사실 그렇다. 우리가 대물림으로 받아온 평가와 해석, 구실과 방해, 법률 면에서 본다면 이 말은 현실적으로 옳다. 하지만 현실은 변하게 마련이며, 더욱이 우리 손으로 변화시킬 수 있다. 이것이 내가 가지게 된 확신이다.

결혼생활은 고통스러웠지만 나에게 두 가지 결실을 가져다주었다. 하나는 예쁜 두 딸을 낳아 내 사랑과 마음을 흠뻑 쏟아부을 수 있었다는 것이고, 다른 하나는 독서와 초상화 그리기에 전념할 기회가 되었다는 점이다. 결혼이 계속 파탄 지경에 있는 동안 나를 구원해줄 수 있었던 것은 오로지 색채의 세계, 그리고 글이었다.

나는 박탈당한 가슴에 남아 있던 온 열정을 동원해 물감과 글의 세상에서 삶을 이어갔다. 나는 이 두 세상에서 인생과 인간에 관해 다른 어느 곳에서도 배울 수 없는 것들을 배웠다. 책에 쓰여 있는 글을 신뢰했고 그 내용에 대한 내 판단을 믿었다.

책에는 명령을 내리거나, 특정한 방향으로 생각하거나 그렇게 느끼면 안 된다고 강요하는 사람이 없었으며, 나는 어떤 사상이나 인물에 대해 내 입장을 마음대로 선택할 수 있었다. 이런 자유는 내가 마치 지평선에 우뚝 서서 음악에 따라 줄기를 이리저리 흔드는 대추야자나무 같다는 느낌을 주었고, 갇혀 있던 영혼이 훨훨 날아 먼 산으로, 봄의 푸른 초원 위로 배회하는 것 같았다. 말썽쟁이 아이였을 때 나는 색채의 꿈이 나를 엄청나게 먼 나라로 데려가 주기를 바랐다. 책을 통해 나는 그간 꿈꿔왔던 대로 집을 떠나지 않고, 돈을 한 푼도 쓰지 않으면서도 바다 위를 항해하고 하늘을 날고 여기저기 돌아다닐 수 있다는 사실을 발견하였다. 집에 앉아서도 아주 먼 곳을 방문할 수도 있었고 미지의 어두컴컴한 길을 배회할 수도 있었으며, 따스한 정과 꿈과 다양한 생각을 지닌 사람들과 소통할 수 있었다. 소설의 인물을 통해 여러 가지 삶을 살 수 있으며, 책과 저자에 따라 내 표정이 바뀔 수 있음을 알게 되었다. 내가 여전히 나 자신이면서도 동시에 다른 사람이 될 수 있었다. 사람들의 방해에도 불구하고 나는 나만의 행복을 지어냈다. 그 어느 누구도 내 소유물, 마음속 세상을 빼앗아갈 수 없었다. 그 어느 누구라 해도 나

더러 거짓말한다, 파괴적이다, 규범을 어겼노라, 지극히 신성한 곳을 모독했다 등의 죄를 덮어씌우지 못했다.

나는 상상 속에서 모험하고 세상을 세웠다가 주저앉히곤 했다. 사람들은 한 번도 나를 체포하지 않았고 단 한 차례도 처벌하지 않았으며 알지 못할 죄목으로 적발하지도 않았다. 남편은 내가 내면으로 감춘 무엇에 대해 의심을 품었지만 꼬투리를 잡을 방법이 없었다. 남편은 내 생과 자신의 생을 지옥의 불구덩이로 몰아갔다. 나는 내가 원하는 게 무엇인지, 내가 무엇을 하려는 것인지 확실하게 알았을 때 남편을 떠났다.

내가 원하는 것은 힐미 무라드의 예언이었다. 내가 원하는 것은 글과 생각, 그리고 물감과 날개, 음악이었다. 나는 내 목소리의 멜로디와 내 눈이 본 광경, 내 마음의 내면을 세상에 전하고 싶었다. 세상 사람들이 내 관심사, 고통거리, 행복, 비애를 알아주길 바랐다. 내가 여자라는 것을, 더도 덜도 말고 여자라는 것을, 머리와 가슴과 투명한 영혼을 지니고서 사람들을 사랑하고 선(善)을 추구하며, 대가로 칼날을 받는 한이 있더라도 하나님 앞에 할 말을 하는 여자라는 것을 세상에 알리고 싶었다.

내가 혼인관계에 있는 동안 나와 어머니, 나와 세상 간의 관계를 바꿔 놓은 세 가지 특별한 사건이 일어났다. 첫 번째 사건은 하나밖에 없는 남동생이 교통사고로 척추가 부러져 평생을 전신마비로 살게 된 사건이다. 동생이 열여섯 한창 때였다. 이 끔찍한 사고는 단단하게 묶여 있던 우리 가족에게 파멸을 가져왔다. 사고가 난 직후부터 어머니는 삶의 의욕을 상실하고 세상사와 등졌다. 반면에 아버지는 완전히 다른 반응을 보이셨다. 며칠이 아니라 몇 주 동안 계속 울던 아버지가 불현듯 기운을 회복하더니, 생의 의욕과 활기로 넘쳤다. 우리 가족의 역사, 남동생의 끔찍한 사고, 어머니의 은둔, 딸 떼거리 등을 싹 잊은 것 같았다. 아버지는 나이 어린 금발 미녀 신붓감을 찾아다녔다. 그때처럼 내가 여자라는 사실이 증오스러웠던 적은 없었다.

　나는 잠에서 깨어났을 때 콧수염과 부푼 근육을 지닌 강인한 남자로 변해 있기를 염원했다. 그래서 아버지를 강제로 끌어다가 어머니에게 되돌려주고 싶었다. 다른 집 남자들이 그렇게 했다는 얘기를 들은 적이 있었다. 그러나 나는 아무런 수완도 힘도 없는 여자였고, 언니나 여동생들 또한 나보다 나을 것이 없었다. 우리는 전신마비로 누워 있는 남동생을 제외하곤 세상에서 가장 무력한 상태였다. 그렇지만 나는 무언가를 해야 한다고 생각했다. 아버지가 가는 곳마다 졸

졸 따라다니며 사정하고 애원했다. 이에 아버지는 귀를 막고 내 눈물 어린 애원을 못 들은 척했다. 행복한 새신랑이 된 아버지는 나를 버리고 예쁜 신부에게로 가버렸다. 나중에 다시 아버지를 쫓아갔을 때 아버지는 분명하게 말씀하셨다.

"얘야, 네가 어머니를 이해시켜라. 이건 하나님께서도 허락하신 거다. 넌 내가 대를 잇지 못한 채 죽었으면 좋겠니?"

아버지 말씀인즉 나나 전신마비인 남동생, 언니들, 동생들 전부 합쳐도 대를 이어 후세에 길이길이 이름을 남길 수 없기 때문에 하나님께서 허락하신 재혼만 못하다는 것이었다. 아버지의 이 말씀은 당신이 돌아가실 때까지 4반세기가 넘는 세월 내내 피를 흘리는 상처가 되어 내 마음에 남아 있었다. 아버지가 돌아가시기 몇 년 전에 내가 유명작가가 되었는데, 내 책을 본 아버지는 책망하듯이 물으셨다.

"네 이름만 쓰여 있구나. 내 이름은 어디 있니?"[8]

나는 아버지에게서 눈을 떼지 않은 채로 그저 못 알아들은 체했다. 하지만 책에는 애석하게도 내 이름만 있었다.

아버지가 떠난 후 어머니는 한층 더 큰 절망에 빠져, 산송

---

8 아랍 세계에서 개인의 이름은 자신의 이름과 아버지 이름, 할아버지 이름, 그리고 그 윗대 선조들의 이름이 역순으로 나열된다. 딸 또한 아버지의 이름을 이어받는다. 다만 딸의 자식은 사위의 이름을 갖게 되어 외할아버지의 이름은 끊긴다. 그러나 사하르 칼리파가 아버지의 이름을 갖지 않았다는 점은 이해하기 어렵다.

장이 되었다. 어머니는 생명이 말라버린 폐가처럼 되어버렸다. 총명함, 미색, 활기, 아무것도 남지 않았다. 당당하던 위세도 온데간데없었다. 어머니는 이제 더 이상 여왕이 아니었다. 그때 나는 처음으로 어머니가 우리 자매들 그리고 다른 모든 여자들과 마찬가지로 그저 희생양일 뿐이라는 것을 알게 되었다. 어머니의 비극과 내 비극에서 나는 인습, 법률과 문명에서 비롯되는 모든 여자들의 비극을 보았다. 이렇게 나는 통찰력을 지닌 페미니스트가 되었다. 변화를 욕망하는 여자가 된 것이다.

세 번째 비극은 내가 이혼하기 전에 일어난 1967년 전쟁의 패전이었다. 이 패전을 계기로 나는 아랍의 정치적 패배라는 것이 문명적 패배의 필연적 결과라는 사실을 알게 되었다. 나는 67년의 패전이 치료를 하지 않고서는 살아날 수 없는 만신창이의 나무에서 맺힌 열매라는 사실을 아주 똑똑히 보았다. 안에서 패배한 자에게 승리란 없는 법이다. 자신의 문명 내부에서 패배한 사람은 외부에서도 승리할 수 없다. 외부와의 싸움에서 승리를 거두려면 내부에서 시작해야 한다. 다시 말해 우리 사회의 제반 문제들, 즉 위정자들의 부패, 사회 전반의 도덕적 해이, 교육 부재 등의 문제를 가정에서 학교로, 사회로 확대해가며 개혁을 해나가야 한다는 것이다. 가정교육이 시작이다. 어머니는 부드러운 밀가루 반죽을 빚고 또한 단단한 철강공장도 짓는다. 즉 어머니는 모든 일의 기원(起源)이자 주춧돌이다. 어머니는 움마(Umma) 자체라 해도 과언이 아니다.[9]

내가 본격적으로 글을 쓰기 시작한 것은 67년 패전 이후, 즉 아랍이 이스라엘의 포로가 된 후였다. 남편에게 철저하게 숨긴 채 몇 차례 습작을 쓰고 나서, 앞에서 언급했던 것처럼 카이로의 유수한 출판사인 다룰 마아리프에서 장편소설을 한 권 출판해주었다. 그리고 이것으로 나의 갈 길이 정해졌다.

서른두 살에 새 삶이 시작되었다. 나는 베르자이트대학교 영문과에 입학하여 그 북적대는 세계와 학생들 대열에 합류했다. 내 외모와 행동 그리고 불타오르는 열정은 주위 사람들을 속이기에 충분했다. 실제 나이보다 10년 또는 그 이상 어려 보였기 때문이다. 나는 무엇이든지 속일 수 있었다. 심지어는 나 자신까지도 말이다. 사람들로 하여금 내가 장밋빛 어린 나이라고 믿게끔 만들었다. 잃어버린 소녀 시절을 되찾을 수 있을 것 같았다. 그래서 의도적으로 다시 사춘기로 돌아간 것처럼 행동했다. 아무도 스무 살 여대생같이 행동하는

---

9 아랍어로 어머니는 'Umm'로서, 아랍 공동체, 즉 아랍 세계 전체를 의미하는 'Umma'와 소리가 비슷해 필자가 두 단어를 연결 지은 것으로 추정된다.

나를 말리지 못했다.

　대학 3학년이 되어 나는 자아를 깨닫고 삶의 의미를 세우려는 시도에 착수했다. 두 학기를 휴학하면서 소설『가시선인장』을 썼다. 이 소설은 내가 전혀 기대하지 않았던 성공을 거두었다. 당시 요르단 왕립학술원의 발표에 따르면『가시선인장』은 여러 해 동안 요르단, 팔레스타인 그리고 아랍 세계 전체에서 베스트셀러였다고 한다. 이후 팔레스타인, 레바논, 시리아의 여러 출판사에서 중판(重版)을 거듭했고 많은 외국어로도 번역되었으며, 지금도 여전히 찾는 사람이 있다.

　『가시선인장』에서 나는 스토리, 사람들의 이야기, 주인공들의 이야기 등을 통하여 이스라엘 점령 하에 있는 팔레스타인의 사회상을 기록하고자 했다. 『가시선인장』은 고통스러운 점령과 균형 상실에도 불구하고 우리가 일정 정도 즐기기까지 했던 혁명적 낭만주의 시기를 관찰하고 있다. 여기서 낭만주의란 사회와 개인과 집단이 보다 나은 방향으로 진화하는 것이 필연이라고 당시 우리가 굳게 믿었다는 것을 의미한다. 우리에게는 어둠은 물러가기 마련이고 정의가 언젠가는 승리하며 자유는 우리의 몫이고, 결국 우리가 전 세계 모든 민족의 등불이 되리라는 확신이 있었다. 이러한 믿음은 삶의 현장과 뜨거운 맥박을 관찰하는 소설 속에서 살아 움직이는 인물들을 통해 구현되었음은 재론할 필요가 없다.

　나는 『가시선인장』을 집필하는 동안 한 좌파 청년을 만났다. 그 청년은 똑똑하고 야심 많으며 담대한 편이었다. 그는 혁명 정신과 대중의 의식화(意識化), 마술 같은 언변 등으로 내 관심을 끌려 했다. 정말로 그랬다. 나는 그가 쓴 글, 그가 벌인 논쟁을 샅샅이 읽고 그가 지닌 모든 가능성을 검토했다. 그는 세상의 변화를 원했는데 그건 바로 내가 꿈꾸는 바였다. 하지만 어디서부터 시작하느냐가 문제였다. 그는 신념에 차 말했다.

　"체제의 변화, 규범의 타파에서 시작하자. 우리가 남들의 모범이 되자."

　그러나 내 생각은 달랐다.

　'나는 이미 규범에서 벗어나 보았지만 변한 것은 아무것도 없다. 사람들의 규범도 가족 체제도 변하지 않았다. 심지어는 나 자신조차 변하지 않았다. 그렇다면 사회에 반기를 드는 여자의 상황은 어찌 되겠는가? 체제의 틀에서 벗어나 있는 여자가 변화를 일으킬 수 있을까? 여자가 송두리째 변했는데 사람들은 이전 그대로라면 그 여자는 사람들로부터 추방되지 않겠는가? 과연 웃음거리가 되지 않을 것인가? 웃음거리로 전락한 여자가 사람들의 호의를 얻고 삶을 얻고 신뢰와 존중을 얻을 수 있을까? 존중받지 못하는 여자가 사람들을 설득할 수 있을까? 설득하지 못하면서 어떻게 모범이 된다는 말인가?'

그간 겪은 위선과 암흑 덕분에 나는 그 청년의 진실과 신념이 어느 정도인지를 시험해볼 수 있는 능력과 냉철함을 갖추고 있었다. 그를 면밀히 지켜보았는데 매번 그는 나를 실망시켰다. 마침내 그의 이론과 글과 언변을 제쳐두고 인간됨에 직접 맞부딪쳐 보기로 마음먹었다. 그리하여 모든 사항을 적은 종이 한 장을 들고 어느 모퉁이에 앉았다. 그리고 빙빙 돌리지 않고 직설적으로 이야기를 시작했다. 미소를 걷고 진지하게 말했다.

"이 목록이 내가 혁명을 위해 바칠 수 있는 것들이다. 당신은 무엇을 바치겠는가?"

그는 놀란 눈치였다. 나는 시선을 그의 눈에 고정시켰다. 그는 꼼짝도 하지 않았다. 그리고 허둥대면서 이해할 수 없는 말들을 했다. 그가 하는 말들은 어둠에서 잠깐 빛을 발하고 꺼지는, 갑자기 아무런 예고도 없이 스러져버리는 파편에 불과했다. 다른 문장이 이어지고 잠깐 반짝하더니 출렁대며 뒤엉켜 말의 홍수 속으로 가라앉았다. 그저 공허한 말이었다. 나는 결론을 내렸다.

'이 사람은 받기만을 바라고 내게 주려는 것은 없구나. 이 게 이 사람이 정말로 나한테 기대했던 것이로구나. 큰 것, 위 대한 것, 실질적인 것은 염두에 두고 있지 않구나. 이 사람은 변하지 않을 것이고 나 또한 변하지 않을 것이다. 그렇다면 어떻게 태양으로 올라갈 수 있을까?'

내가 도전적인 어투로 말했다.

"당신이 주장하는 바는 내가 모든 고난을 지고 당신은 영 광의 열매를 차지하자는 것이다."

그러고는 그를 떠났다. 그러나 그와의 만남에서 얻은 교훈 은 내 영감(靈感)의 줄기와 가지가 되었다. 나는 그 경험의 우 물에서 물을 길어 올려 소설의 장면과 상징과 인물들을 그려 냈다. 그 결과로 나는 변화를 추구하는 사람들에게 여러 차 례 화살과 창과 매를 맞는 표적이 되었다.

사람들과 어울려 살면서 알게 된 사실들은 나에게 고뇌와 당혹감을 안겨주었다. 나는 남자들의 진짜 모습을 발견하게 되리라고는 전혀 기대하지 않았다. 집안 남자들과 아버지 그 리고 남편과의 관계에 국한된 내 경험이 집 밖에서 겪게 될 세태의 표본이 될 것 같지 않았다. 무엇보다도 나는 아버지 가 못된 사람이라고는 생각조차 할 수 없었다. 아버지는 정 말로 나쁜 사람이 아니긴 했다. 아버지가 새장가를 들고 난 후 나는 아버지가 연약한 사람이며 남동생의 처참한 사고로 인한 부담을 피해 도망간 것이라고 생각하게 되었다. 그리고 내 남편은 정상적이거나 평범한 남자가 아니었다. 보수적이고 전통적인 우리 사회에서 그의 행동은 드물고 해괴한 것처럼 보였다. 적어도 우리네 여자들에게는 그렇게 비쳤다. 그리고 사람들은 우리 아랍 사람들이 가장 깨끗하고 순수하기 때문에 가장 선하고 영예로우며, 우리 종교가 가장 올바른 종교이고, 우리의 샤리아[10]가 가장 공정한 법률이며, 우리의 윤리가 최고의 윤리라고 말했다. 우리는 거짓말을 하거나 속이거나 훔치거나 거짓증언을 하거나 친구를 배반하지도 않는다고들 했다.

여기저기서 정보를 수집하여 진실을 알게 되고, 모순으로 가득한 현실을 몸으로 겪었음에도 불구하고 나는 여전히 우리가 진정으로 착하고 선한 사람들이라고 생각하고 있었다. 그러나 현실은 충격을 넘어 나를 공포에 사로잡히게끔 하였다. 이 충격 때문에 나는 종종 헛소리를 중얼거릴 정도였다.

'아니야, 그럴 수가 없어.'

나는 내가 공연히 의심하고 악의적으로 생각하는 것이라고 스스로를 책망하기도 했다. 다른 사람들은 내 증상을 보

10 Shariah, 이슬람의 종교법.

고 눈을 동그랗게 뜨고 입을 쩍 벌리면서 내가 꼭 세상물정 모르는, 순진하고 어리석은 어린애 같다고 말하곤 했다. 사람들 말이 맞는지도 모른다. 나는 교수님이 말씀하셨듯이 정말로 순진했다. 나는 비밀의 창문을 열고 창 너머의 신기한 세상을 발견한 어린아이와 같았다. 모든 것이 새롭고 흥미롭고 경이와 수수께끼로 가득한 세상 말이다.

날이 가고 해가 가면서 나는 사물이 지닌 의미와 사물들 간의 관계를 조금씩 이해하기 시작했다. '관계'는 내가 늘 생각하던 주제였다. 여자와 여자 간의 관계, 남자와 여자 간의 관계, 인간과 사회의 관계, 그리고 정치. 이 모든 관계에서 나는 사람들이 이기적이고 냉혹하며, 돈과 권력 앞에서 약하다는 사실을 발견했다. 내가 보기에 사람들은 명성과 영향력을 유지하거나 돈을 좀 더 벌거나 권력자들에게 잘 보이기 위해서라면, 나로서는 도저히 이해가 되지 않는 것들을 포함해서 무슨 짓이든지 할 준비가 되어 있었다. 처음에 나는 "이런 게 바로 아랍 남자들이야. 그리고 그게 우리의 문화야"라고 말하곤 했다. 그러다가 나중에, 여러 나라 사람들에 관해 책을 읽고 공부도 하고 나서는—놀랍기도 하고 안도감을 주기도 했다— 인간이 사는 세상이라는 게 다 그런 것이라는 사실을 알게 되었다. 또한 세상에는 나처럼 새로운 시각, 새로운 비전, 변증적 이성으로 사물을 보는 여자들, 남자들도 있다는 것을 확인했다.

이 모든 발견과 충격에도 불구하고 나는 새로운 투쟁에 뛰어들어 우리 내부의 리더십에 관한 토론의 문을 열어야겠다는 의지를 꺾지 않았다. 나는 주제의 핵심을 관통하는 거창한 이름을 부여하겠다는 의도로 내 책에 『라시드와 마르크스 사이의 아랍 남성』이라는 제목을 붙였다. 관련 정보와 기록, 의견과 반론의 수집을 시작했다. 50명이 넘는 지식인 남성들과 50회 이상의 심층 인터뷰를 하고 난 후 나는 그들의 부인이나 여자친구를 상대로 유사한 방식으로 인터뷰하기로 마음먹었다. 그 결과, 대단히 실망스럽게도 내 삶과 어머니, 언니 동생들, 친척 아주머니들의 생에 낙인처럼 찍혀 있던 착취, 열등감, 차별 등의 테마가 모든 인터뷰마다 들어 있었다. 이야기의 형식이 약간씩 달랐지만 내용은 본질적으로 동일했던 것이다. 인터뷰에 응한 여성들은—상당히 유식한 사람들임에도 불구하고— 한결같이 치료할 길 없는 무력감의 포로가 되고 열등감과 자기비하의 감정을 가슴 깊숙한 곳에 감추고 있었다. 이 여성들은 아무리 일을 많이 하고 높은 지위에 오르고 가정을 위해 헌신한다 하더라도 결국 여자는 남자들보다 여러 계단 낮은 등급일 뿐이라고 굳게 믿고 있었다.

이 경험은 흥미로웠으나 동시에 절망이라고 할 정도로 무서운 느낌을 주었다. 나는 사회지도층 인사들, 또는 내가 선구자라고 믿었던 사람들, 혁명과 변화를 부르짖는 사람들이 겉모양만 현대식으로 바뀌었을 뿐, 속은 전 세대의 사람들과 먹지를 대고 복사한 문서처럼 똑같다는 것을 발견했다. 또한 우리의 남성 지도자들은 허위에 차 있고 부패하고 한심하며, 앞서간다는 여성들은 가련하고, 내부 문제를 도외시함으로써 깊이가 없던 우리네의 혁명은 제한적인 데다가 불임(不姙)이라는 사실을 깨닫게 되었다. 절망은 내 영혼을 갈기갈기 찢어 회의의 바다 밑으로 가라앉혔다. 속수무책, 나는 무엇을 해야 할지 알지 못했다. 보고 듣고 발견할수록 우리에게 아무런 해결책도 희망도 없으며 두 번이고 세 번이고 패배를 반복하다가 영영 해방되지 못하리라는 두려움이 한 단계씩 높아졌다. 우리가 하는 일들은 시간 낭비, 피의 허실(虛失)에 불과했다.

　이렇게 해서 『해바라기』가 출간되었는데, 이 소설 또한 예기치 못한 성공을 거두었다. 『해바라기』는 팔레스타인, 레바논, 시리아의 4개 출판사에서 아랍어로 여러 차례 중판 인쇄되고, 『가시선인장』과 마찬가지로 수개 국어로 번역되었다. 당시 팔레스타인해방기구(PLO)는 이 두 작품의 텔레비전 연속극 제작권을 사들여 이스라엘 점령하에 있는 팔레스타인 민족의 투쟁사, 즉 억압을 생명으로 바꾸고 새로운 의식으로 승화시킨 한 민족의 파노라마를 그려내기도 했다.

『해바라기』에서 나는 혁명이 현실과 충돌하고 혁명에 참여한 사람들이 혁명의 로맨틱한 환상을 걷어내는 과정을 관찰하였다. 그로부터 2년 뒤, 『어느 비현실적인 여자의 회고록』에서는 한 여자에게 초점을 맞추어 아동기부터 청년기까지, 즉 두려움과 좌절, 무력감, 열등감 등으로 가득 찬 여자가 되기까지 세상을 향한 인식이 성장하는 과정을 그렸다. 여기서 내 의도는 어릴 적 환경의 중요성을 보여주며, 그 시절 경험이 토대가 되어 차후에까지 어떻게 연쇄적으로 영향을 미치고 평생 동안 계속되는가를 그리는 것이었다.

나는 베르자이트에서 공부하고 일하면서 『가시선인장』 『해바라기』『어느 비현실적인 여자의 회고록』을 썼다. 전술한 바와 같이 처음에 나는 어리고 유치하며 세상과 맞설 준비가 되지 않은 설익은 상태였다. 하지만 세월이 나를 단련시켜주었다. 문학, 사상, 인문학 등의 대학 교육이 내 이성과 사고를 체계적으로 가다듬어주었으며 연구서와 이론, 비판, 평가, 측정을 통해 세상을 보도록 안목을 길러주었다. 이제 세상은 더 이상 비밀이나 마법, 또는 충격이 아니었고, 모든 사물이나 현상에는 그에 상응하는 설명과 해석이 있었다. 모든 것이 순수함과 신비감을 상실했다. 사랑은 더 이상 상쾌한 감정이나 압둘 할림[11]의 달콤한 노래가 아니었다. 대학 내의 분위기 또한 호의적이지 않았다. 뒤죽박죽이 되어 학생들도 대학 당국도 예전과 같지 않았다. 정치 파벌간의 투쟁이 대학 캠퍼스로 밀려와 우리 학생들도 권력을 향한 갈등으로 치달았다. 우리는 사사건건 서로를 비방하고 협박하곤 했다. 나는 유니온 운동에 가담해 싸움을 벌였으며, 스스로의 역량 부족과 정치권의 압력을 무릅쓰고 팔레스타인작가협회 결성에 참여하기도 했다. 무슬림형제단과 좌파 작가들로부터 동시에 공격을 받은 일도 있었다.[12]

이렇게 1980년이 되자 나는 기력이 소진해 모종의 전환을 갈망하게 되었다. 당시 두 딸은 고등학교를 마치고 외국에 나가 있었다. 나도 미련 없이 베르자이트를 떠났다. 캠퍼스는 모든 파벌의 격투장으로 변했으며 피점령지[13] 전체가 토

---

11 이집트 출생의 유명한 청춘 가수
12 무슬림형제단은 전통적인 이슬람 윤리의 부흥을 통해 사회와 국가의 개조를 추구하는 보수적 운동 조직으로서 세속적 좌파 지식인들과 대립 관계에 있었다.
13 요르단 강 서안과 가자 지구를 포괄하는 팔레스타인 땅으로 1967년 전쟁으로 이스라엘에 의해 점령당함.

종 아랍까마귀들[14]이 다투는 먹잇감으로 전락하고 말았다.

타지에서 나는 책에 머리를 박고 살면서 내게 유용하거나 그간의 공백을 보상해줄 만한 지식을 길어 올렸다. 이 기간에 펜은 생산을 중단했다. 그렇게 10년을 보내고 『바붓 사하』와 함께 요르단 강 서안으로 돌아왔다.

미국은 나에게 잃어버린 세월에 대한 보상과 도피처를 제공해주었다. 당시 나는 나 자신이, 그리고 내 나라가 갈기갈기 찢어져버렸다는 느낌에 사로잡혀 있었다. 사랑과 남성 위주 세계에서의 좌절, 두려움과 헛구역질, 혁명 조직의 내부 갈등, 부패 추문 같은 것들이 있었고, 자유에 재갈을 물리며 확산되는 복고사상, 이스라엘의 공격과 그에 이은 지도부의 튀니지로의 이동, 이런 것들이 나로 하여금 고아처럼 외톨이로 길까지 잃었다는 느낌을 주었다. 이에 나는 도피처와 망각의 오아시스를 찾고 있었다. 그리하여 몇 달 동안 안식과 평안을 발견했다. 대자연과 쇼핑몰을 전전하면서 정신과 신경을 마비시키는 한편 석사, 박사 학위를 향한 지리한 여행을 시작했다.

1987년 1월, 인티파다[15]가 시작되었다. 그로부터 수주 후

14 아랍 각국을 이름.

15 이스라엘 점령군에 대항한 팔레스타인 풀뿌리 민중들의 봉기

나는 미국을 떠나 서안 지역으로 돌아와 머리카락이 곤두서는 전율을 맛보았다. 길거리에서 여자들이, 어린아이들이 눈한 번 깜짝이지 않고 당당하게 구타를 감내하고 있었다. 젊은이, 중년 할 것 없이 감옥으로, 벌판으로, 산속 동굴로 내쳐지고 실전용 총탄과 최루가스가 난무했다. 탱크가 위협하는 가운데 스피커에서는 예배시간을 알리는 "알라후 아크바르"[16] 소리가 울려 퍼졌다. 곤봉과 최루탄을 앞세운 모스크난입이 자행되고, 어디를 가나 카세트에서 국가가 흘러나왔다. 도망치는 사람들의 발걸음은 빠르고 피는 뜨거웠다. 현실 같지 않은 날들이었다. 숱한 희생담, 무용담은 소설책 또는 역사책에나 나옴직한 것들이었다. 여성들은 단지 아무것도 아닌 것이 아니라 심장과 머리가 있으며 혁명을 향한 감정과 양심을 지닌 존재임을 세상 앞에 입증해 보였다.

그러고 나서, 우리가 여전히 포로 상태로 남아 있는 가운데 마드리드 평화협상이 나왔다. 인티파다는 우리의 힘을 소진시켰고 우리는 인티파다를 소진시켰다. 우리는 회의(懷疑)의 바다에서 표류하는 배였다. 지도부가 분열하여 사람들의 영혼과 운명을 멋대로 쥐고 흔드는 타락한 무리가 된 것도 이번으로 천 번째는 될 것이다. 지도부의 폭력과 팽창하

16 "하나님은 가장 위대하시다"라는 뜻으로, 예배시간 알림의 첫 말이다.

는 하마스[17]의 엄격함을 겪은 우리는 무기력 상태에 빠졌다. 우리는 안팎으로 이중의 점령 하에서 살게 되었다. 그러다가 느닷없이 오슬로 협정이 해결책을 가져왔다는 말을 들었다. 우리는 환호하며 길거리로 나가 오슬로식 해결에 찬성한다고 외쳤다. 그러나 얼마 후 우리는 오슬로가 속임수였으며 가뜩이나 먼 곳에 있던 해결이 더욱 멀어졌다는 것을 알게 되었다. 해방은 우리의 목표였다가 이제는 신기루가 되었다. 해결이나 평화는 그 어느 때보다도 멀어졌다. 그 결과 우리는 해결책도 혁명도 모두 잃었다. 목표가 없는 우리는 목자 없는 양떼가 되었다.

이런 배경에서 나는 『유산』을 썼다. 따라서 『유산』은 당시 현실의 반영이라 하겠다. 늘어만 가는 비애와 여기저기서 사람들이 내뱉는 신음의 반영 말이다. 『유산』은 모든 측면에서 온갖 종류의 패배를 다 맛본 민족의 이야기이다. 혁명 과정에서 지도자의 패배, 가정에서 아버지의 패배, 조상의 땅에서 당하는 자손들의 패배 등등.

나는 『유산』 후에도 장편 두 작품을 출판했고, 지금 세 번째 작품을 쓰고 있다. 출판된 두 작품은 『그림과 아이콘과 구약성서』와 『뜨거운 봄』이다. 세 번째 소설은 아직 제목을

17 팔레스타인의 이슬람 원리주의 세력.

붙이지 않았다. 이 세 소설에서 나는 앞 소설들에 이어 억눌렸으나 운명에 저항하는 민족의 정치, 사회적 현실을 관찰했다. 이런 종류의 문학을 통해 나는 내 자아와 타인의 자아를 반영한다. 나에게 있어서 두 자아 사이에는 큰 차이도, 분명한 경계선도, 그리고 담벼락도 없다.

이렇게 해서 내 지나간 얘기의 끝에 도달했다. 자, 이제부터는 어디를 향해 갈 것인가? 2년 전에 예상했던 것처럼 인티파다를 향해? 그리고 무엇을 쓸 것인가? 혹자는 말한다.

"당신은 지금까지와 같은 파노라마 방식을 더 이상 지속할 수 없을 것이다. 작가가 진정성을 인정받고 작품의 가치를 오래 유지하려면 자신의 자아를 다루어야 한다. 여러 민족의 이야기 같은 것은 변화하는 세월을 당해내지 못한다. 문학에서 오래가는 것은 예를 들어 사랑 이야기, 애국과 매국, 전쟁과 평화, 이별의 고통과 재회의 기쁨, 연인들의 미칠 듯한 사랑처럼 원초적이고 영속적이며 보편적(Universal)인 것들이다."

맞는 말이다. 하지만, 내 작품이 이런 것들을 담고 있지 않다고 말할 수 있는가? 파노라마를 통해 우리는 개인 간의 관계, 개인과 사회의 관계를 발견할 수 있다. 사회 없이 개인이 존재할 수 있을까? 우리의 현실은 굴종과 오욕의 현실이자 포로화하고 점령당한 현실이며, 저항과 혁명과 반란을 통해 민족 전체가 해방을 희구하나 해방을 이루지 못한 현실이다. 사람들이 앞다투어 혁명의 대가로 청춘과 피를 바치지만 혁명은 내부에서부터 부식되며, 꿈이 사라지고 거리의 박동이 느슨해져 죽음이 다가온다. 그러다가 다시 한 번 꿈이 생겨 감방의 문을 부수고 바깥세상으로 쏟아져 나온다. 이런 것은 픽션인가, 아니면 논픽션인가? 감방에 갇힌 개인의 이야기, 억압을 향해 들고 일어나는 민족 이야기, 카펫 위에 서 있는데 갑자기 카펫을 잡아당기면 넘어지듯이 발밑의 땅을 빼앗긴 농민 이야기, 환영받지 못하고 태어나 "나도 사람이다. 나도 살과 피와 감정이 있다. 나는 어머니의 양심이자 움마의 양심이다"라고 절규하는 여자 이야기. 이런 것들은 영속적이고 보편적인가, 아니면 변하게 마련이므로 예술작품 대열에 끼지 못하는가? 문학과 소설의 세계에서 원초적이고 영속적인 것을 정하는 것은 누구인가? 도대체 누가 정한단 말인가?

파노라마, 그것은 성취인가, 장애물인가? 나는 파노라마를 통해 현실을 관찰하고, 대부분의 또는 모든 디테일을 포착했다. 독자 역시 파노라마를 통해 흙의 향기, 꽃의 꿀, 말똥 냄새, 저녁의 산들바람 냄새와 나무의 수향을 맡는다. 독자는 또한 우리와 함께 광장, 발코니, 골목길 따위를 보고, 감옥,

산중 동굴, 공장, 밭, 매음굴, 귀족의 저택, 폭탄이 터지는 전쟁터 등으로 들어간다. 그뿐 아니라 독자는 최루가스를 마시거나, 우리의 꿈이 좌절되는 배경에 공감하며 눈물을 흘린다.

파노라마, 그것은 성취인가, 타락인가?

나에게 있어서 그것은 성취이다. 나는 내가 산출한 것들을 보면서 정말로 찬탄한다. 이것이 정녕 〈담장 뒤〉로 시작한 그 여자아이가 지어낸 것인가? 팔레스타인 문학 전체를 살펴봐도 그만한 총체성, 그만한 넓이, 그만한 거리를 발견할 수가 없다. 이러한 성취를 일구어낸, 여자로서의 내 위치는 어떠한가? 이 모든 게 여전히 담장 뒤에 갇혀 있는 내가 쓴 것이란 말인가? 맹세컨대 진실로 나는 담장 안에서 나오지 않았다. 그 안이 내 심장이요, 내 어린 시절이며, 내 감각이자 나 자신의 경계이기 때문이다. 난 나오지 않았다. 만일 내가 나왔다면 그렇게 꿈을 꾼 것일 뿐 실제로는 나온 것이 아니다. 나는 집을 떠나지 않고서도 바다를 항해하고 하늘을 떠다니고 돌아다닐 수 있다는 사실을 벌써 몇 년 전에 발견했다고 고백하지 않았던가? 내 얼굴을 버리지 않고서도 다른 인생을 살 능력이 있다고 말하지 않았던가? 내가 나 자신이면서도 동시에 남이 될 능력이 있음을 발견했노라고 말하지 않았던가?

나는 발견하고, 나오고, 행복해졌거나 그리 되리라고 꿈을 꾸었다. 나는 억압을 넘어서는 강한 혁명투사가 되었거나 그리 되리라고 꿈을 꾸었다. 나는 울타리 위로 높이 솟아올라 넓은 지평선에서 이리저리 줄기를 흔드는 대추야자나무가 되어 두려움을 이겨냈거나 그리 되리라고 꿈을 꾸었다. 꿈속에서 나는 자아보다 높이 오르기도 하고 자아를 들어올리기도 하며, 세상을 세웠다 앉혔다 한다. 나는 비록 그 대가가 칼날을 받는 것이 될지라도 하나님께, 절대 정의께 이렇게 말하겠다. 사람들은 단 한 번도 나를 주저앉히지도, 내 아리송한 범칙을 제어하지도 못했다고.

나의 마을, 나의 이야기

프란시스코 시오닐 호세

1924년 필리핀 북서부 팡가시난의 로살레스에서 태어났다. 대학신문 《바르시타리안》의 편집장을 시작으로 여러 잡지를 두루 거치며 언론인으로 활동했다. 그가 창간한 잡지 《솔리다리다드》는 마르코스 통치 기간 동안 폐간의 시련을 겪으면서도 큰 사회적 영향력을 행사했다. 마르코스 독재 치하에서 작품이 판금되고 연금 생활을 하는 등 온갖 탄압을 받으면서도 정열적으로 창작활동을 펼쳤고, 그의 많은 작품 중 스페인, 미국, 일본의 식민지배와 마르코스의 독재로 이어진 격동의 필리핀 현대사를 다룬 대작 『로살레스 사가』는 필리핀 문학의 고전이 되었다. 1959년 국제펜클럽 필리핀 지부를 창설했고, 라몬 막사이사이상, 필리핀 국민예술가상, 프랑스 예술문학훈장 기사장(2000)과 칠레 파블로 네루다 탄생 100주년 기념상(2004)을 받았다.

여든넷의 나이에 이르러 다 망가지니 삶의 쾌락이라는 것
들이 정말로 줄어들었지만, 그래도 여전히 한 가지 뚜렷한
기쁨이 남아 있음을 깨닫는다. 그것은 나의 소중한 기억들이
다. 따라서 이제 그 기억들, 나에게 영향을 주고, 어둡고 낯
선 샛길들을 통하여 나를 미래로 이끈 기억들 몇 가지를 불
러올 터이니 참고 들어주기 바란다.

　나는 루손 섬의 중앙 평원 지대에 자리 잡은 카부가완이라
는 마을에서 나고 자랐다. 이 이름은 섬 북쪽 끝에 있는 카부
가우라는 작은 도시에서 온 것이다. 그러나 실제로 카부가완
이 있는 곳은 로살레스라는 도시의 남쪽 변두리였다. 어린
시절 우리 이웃은 거의 소작농이었다. 대나무 숲 옆의 짧은
골목을 따라가면 마을에서 들로 나갈 수 있었다. 풀로 지붕
을 엮고 부리 야자나무 잎으로 벽을 채운 우리 오두막들 바
로 뒤에 있는 들이었다. 비트앙이라고 부르는 골목은 우기에

는 흙탕물이 작은 강을 이루었다. 마을 가까운 곳에는 우리가 헤엄을 치거나 물소 목욕을 시키고, 여자들이 빨래를 하던 개울이 있었다. 마을에서 오백 미터 정도 떨어진 곳에는 전통적인 구성의 필리피노 광장이 있었다. 여기에는 시장, 우리나라의 영웅 리살의 기념탑, 지방자치단체 청사, 초등학교, 필리핀 독립교회와 로마가톨릭교회가 있었다.

영국 소설가 그레이엄 그린은 작가가 캘 수 있는 가장 풍부한 광맥은 사춘기에 이르기 전 유년의 기억이라고 말했다. 나도 글을 쓰는 대부분의 사람들처럼 나 자신의 삶, 특히 내 마을에서 보낸 유년기를 바탕으로 글을 썼다.

그 유년시절의 대부분 나는 맨발이었다. 일찌감치 땅에 뿌리를 내렸던 셈이다. 발에는 논의 진흙이 묻었고, 허파에는 녹색으로 살아 있는 것들의 냄새가 가득했으며, 눈은 들과 하늘의 푸른빛으로 물들었다. 나는 또 일찌감치 농민의 고된 삶을 알았고, 씨를 뿌리고 나서 추수하기 전까지 굶주림을 경험했다. 비록 떨어진 위치에서이기는 하지만, 지주와 소작인 사이의 엄청난, 거의 메울 수 없는 간극, 부자들의 방탕을 보았다. 그러나 아이들이 다 그렇듯이 나는 소작인 가정의 엄혹한 생활 속에서도 그런 고통스러운 불균형을 완전히 의식하지는 못했다. 늘 기쁨이 있었다. 어린 아이 특유의 경외

할 만한 순수함으로 우주를 인식했다. 그러나 짧은 시간뿐이었다. 누구나 자라면서 그런 고치로부터 벗어나기 때문이다. 나도 성장했으며, 나를 지식이라는 새롭고 떨리는 영역으로 안내한 것은 무엇보다도 문학이었다.

내가 읽은 첫 소설은 호세 리살의 『놀리 메 탕헤레』와 『필리부스테리스오』로, 열 살, 그러니까 5학년 때 읽었다. 솔레다드 오리엘 선생님은 찰스 더비셔의 영어 번역판을 내게 주었다. 나는 책을 읽다가 시사의 두 아들 크리스핀과 바실리오가 스페인 수사에게 도둑으로 몰리는 대목에서 큰 감동을 받아 울고 말았다. 리살은 나를 문학의 힘으로 인도했다. 그뿐만 아니라 역사와 그 무자비한 교훈도 가르쳤고, 식민주의의 악도 알려주었다.

리살의 시사는 내 작품을 러시아어로 번역한 이고르 포드베레스츠키가 "영원한 여주인공"이라고 부르는 인물이었다. 그녀는 힘들게 일하며 나를 길러준 어머니를 상징했을 뿐 아니라, 더 고귀한 의미에서 내 조국 필리피나스를 상징했다. 그녀는 나의 소설 『나무』에서 두 아들을 둔 네나로 나타나며, 나의 로살레스 연작의 마지막 소설에서도 다시 등장한다. 그녀는 리살의 소설에서와 마찬가지로 광기에 사로잡히지만, 내 연작의 마지막 소설 『미사』에서 제정신을 되찾는다.

나는 리살의 소설 두 권을 읽은 뒤 미겔 데 세르반테스의 『돈 키호테』, 이어 윌라 캐더의 『나의 안토니아』에 뛰어들었다. 이 두 권 또한 리살의 소설들만큼이나 기억에 뚜렷이 남았다. 돌이켜보면 이야기를 하는 방법, 독자의 멱살을 움켜쥐고 페이지를 넘고 넘어 마지막까지 이끌고 가는 방법을 내게 가르친 사람은 세르반테스였다. 『돈키호테』는 처음에는 모험 이야기로 읽었다. 나중에 몇 번 다시 읽고 나서야 소설의 심원한 깊이, 삶의 의미에 대한 여러 암시 등 많은 것을 깨닫게 되었다. 『나의 안토니아』에서는 사람들 사이의 애정 어린 유대와 더불어 땅을 기념하는 태도를 배웠다. 이것은 내 글쓰기에 아주 큰 도움을 준 교훈이었다.

나는 1938년 열세 살이 되던 해에 마닐라에서 공무원으로 일하던 외삼촌의 도움으로 그곳 고등학교에 진학하기 위해 고향 마을을 떠났다. 그때쯤 땅을 갈고 벼를 심고 거두는 방법쯤은 알고 있었다. 농민의 운명인 고된 노동을 알았던 셈이다.

이제 나는 일을 하면서도 동시에 공부를 해야 했다. 공포가 가득했던 일본점령기를 버티고 살아남았으며, 제2차 세계대전 후에는 대학에 다니면서 잠깐 부두에서 하역 일꾼 노릇을 한 것을 비롯하여 여러 일을 전전했다. 그러다가 저녁

리즘 쪽으로 가게 되었다. 또 한 여자를 사랑하게 되었다. 그
녀는 어머니 다음으로 나에게 깊은 영향을 준 사람으로, 나
의 비판자인 동시에 헌신적인 동반자였다. 실로 나는 축복을
받은 사람이었다.

서른 살이 되던 1955년 여름에는 미국 국무부의 지원금을
받아 처음으로 미국에 갔다. 그곳에서 그 웅장하고 광활함,
드센 활력을 경험했을 뿐 아니라, 인종차별, 풍요에 따르는
낭비와 독선 등 이 큰 나라의 병을 보기도 했다.

나는 로살레스 연작의 두 번째 소설인 『나무』를 들고 갔
다. 그해 10월, 국외 거주자들로 이루어진 미국의 '잃어버린
세대'에 대한 책을 쓰기도 한 시인 맬컴 카울리를 만났다. 그
는 당시 바이킹 출판사의 편집자였는데, 내가 가 있던 예일
대학으로 나를 태우러 왔다. 우리는 그의 고향인 근처 셔먼
으로 갔다. 그곳에서 시립 묘지를 찾아갔을 때 나는 그의 이
야기를 들으며 기억의 중요성을 인식했다. 그가 그곳의 묘비
들을 가리키며 말한 대로, 그 밑에 누워 있는 사람 가운데 할
이야기가 없는 사람은 없었다.

그는 나에게 원고가 있냐고 물었고, 나는 기쁜 마음으로
『나무』를 보여주었다. 그는 일주일이 안 되어 그것을 다 읽고
마음에 든다며, 나를 데리고 저작권 대리인 앤 왓킨스를 만

나러 뉴욕으로 갔다. 왓킨스도 며칠 뒤에 연락을 하여 마음에 든다고 말했다. 두 사람은 몇 가지를 고치라고 제안하면서, 봄에 바이킹에서 출판할 수 있도록 서둘러 달라고 했다.

나는 환희에 젖었다. 미국 체제 기간이 끝났기 때문에 나는 마닐라로 돌아오면서 그들의 제안을 곰곰이 생각했다. 그리고 고국에 돌아오자 그들이 권한 대로 소설의 몇 대목을 고쳐 쓰기 시작했다. 이제 나도 마침내 카를로스 불로산, 스테반 하베야나와 마찬가지로 미국에서 책을 출판한 작가들 대열에 서게 되었다. 마침내 나도 모국(母國) 미국에서 책을 내, 그들과 마찬가지로 기름부음을 받은 자가 되고, 성공한 작가로 인정받게 되었다.

처음 며칠 동안 나는 미친 듯이 일을 했다. 필리핀 사람들에게는 분명하지만 미국인에게는 그렇지 않은 단어의 뜻을 설명하고, 우리에게는 완벽하게 논리적인 상황도 미국인을 위해 다시 고쳐 썼다. 미국에서 출간되려면 미국인의 인정을 받아야 했기 때문이다. 그러다가 서서히 나는 자문하기 시작했다. 내가 왜 이런 저런 대목을 고치고 있을까? 우리에게는 오히려 군더더기를 붙이는 일인데. 나는 왜 미국인에게 인정을 받기를 갈망할까? 그들이 나의 독자인가?

지금 생각해 보면 그런 질문을 한 것이 다행이다. 나는 왓킨스나 카울리에게 연락을 하지 않았다. 물론 나는 내가 본능적으로 믿었던 것, 즉 예술가를 지탱하는 뿌리, 즉 기억이 필요하다는 사실을 확인해준 것에는 카울리에게 영원히 감사할 것이다. 어쨌든 그 시기에 나는 내가 속한 사람들을 위해 쓴다는 것을 깨달았다.

지금으로부터 20년 전쯤 나는 마침내 랜덤하우스의 저명한 편집자 새뮤얼 보건의 눈에 띄게 되었다. 그의 친구인 하버드 대학의 스티븐 해거드가 그에게 귀띔을 해 준 것이다. 해거드 교수는 세계은행의 일을 맡아 마닐라에 왔다가 우연히 내 소설을 보고 미국으로 가져갔다. 그 무렵 내 작품은 이미 아시아와 유럽의 약 20개 언어로 번역되어 있었다.

처음 미국에 다녀오고 나서 몇 년 후 나는 영국에 가서 세계 문학과 관련된 방대한 장서로 유명한 어느 대학 도서관에 갔다. 그러나 사서는 필리핀 문학이 어디에 있는지 찾지 못했다. 결국 그는 내가 어느 언어로 글을 쓰냐고 물었다. 나는 영어라고 대답했다. 아니나 다를까, 우리는 영어로 쓰는 다른 작가들과 함께 꽂혀 있었다.

그것이 교훈이 되었다. 그러니까 영어로 글을 쓰는 우리는 모두 영국의 문학전통의 일부가 되어, 초서, 셰익스피어, 포크너의 천재성의 상속자가 되어 있었던 것이다.

그러나 나는 내 속 깊은 곳에서 초서, 포크너 같은 사람들은 나의 전통에 있지 않다는 것을 알고 있다. 나의 전통에는 일로카노 언어로 글을 쓴 페드로 부카네그, 타갈로그 언어로 쓴 프란시스코 발라그타스, 스페인어로 쓴 리살 등이 있다. 그리고 아주 먼 신화적 과거로 올라가면 코르디예라 이푸가오스의 『후드 후드』, 모로마라나오스의 『다랑겐』이 있다.

내 소설의 배경은 영국의 황무지도 아니고 미국의 사바나도 아니다. 카부가완의 질퍽한 논이다. 개간해놓은 숲속의 땅을 스페인 메스티조들에게 도둑맞은 내 조상의 고된 노동이다. 나의 전통은 산타크루스의 더럽고 혼잡한 동네들이다. 나는 페드로 칼로사나 루이스 타루크 같은 농민 반역자들의 그림자 속에 산다. 내 전통은 시사이고, 고통에 시달리면서도 나를 지탱하고 드높여준 이 불행한 나라다.

아시아의 다른 나라들과 비교할 때 우리나라는 젊다. 우리에게는 이 지역 다른 곳과 같은 당당하고 유서 깊은 기념물들, 고색창연한 문화가 없다. 1521년 스페인이 향료와 금을 찾아 필리핀에 왔을 때 우리는 하나의 나라가 아니었다. 우리는 저마다 독특한 특징을 지닌 채 수천 개의 섬에 흩어져 살면서 서로 싸움을 일삼던 다양한 인종집단들이었다.

20년 전 우리 문화에서 가장 오래된 문서가 어느 강바닥에서 발견되었다. 그것은 900년 정도밖에 안 된 것이다. 물론 우리에게도 우리 나름의 고대 종교가 있고, 음성 기호가 있고, 예쁜 금 세공품이 있고, 위계사회가 있지만, 우리에게는 공자가 없고, 돌이켜보며 도움을 얻을 고전문학도 없다.

따라서 우리는 작가로서 초서와 호머의 시대에 있다. 아시아인이 아니라는 의미에서 그렇다. 우리는 대부분 기독교인이기 때문이다. 우리는 오랜 과거에 대한 시체 성애적인 숭배에 구속되어 있지 않다. 어쩌면 이것은 유리한 점인지도 모른다. 우리는 구속감 없이 있는 데서부터 건설해 나갈 수 있기 때문이다. 실제로 우리는 그 일을 하려 한다. 우리 역사, 지리에 존재하는 영향력들의 혼합물로부터 장차 한 나라를 지탱할 기둥들을 세우려 한다. 우리에게는 의지하고 배우고 흉내 낼 모범들이 있다. 그 가운데 최고는 앞서도 언급했던 소설 두 권의 작가 호세 리살이다. 그는 단지 소설가이고 시인일 뿐 아니라 인류학자, 의사, 조각가, 언어학자, 역사학자, 교육가였다. 세계 가운데 우리가 사는 이곳에서는 아직 그만한 걸출한 인물이 나온 적이 없다. 1896년 스페인 사람들이 그를 처형했을 때 그의 순교를 통해 우리 나라의 진정한 탄생이 시작되었다.

열세 살에 고향 마을을 떠날 때 나는 단지 도시의 밝은 빛만을 찾아간 것이 아니다. 그 마을에는 나를 지탱할 것이 없었기 때문에 떠난 것이기도 했다. 우리에게는 땅이 없었기 때문이다. 그러나 오랜 세월 동안 나는 계속 그곳으로 돌아가 헤어진 친구들, 내가 자란 풀죽은 동네, 그 너머의 들판을 보았다.

마을은 변했지만 여전히 가난하다. 그곳의 젊은 사람들은 곧 나처럼 떠날 것이다. 그러나 나는 내가 마땅히 사용해야 할 만큼 사용하지 않는 언어에 귀를 기울이러, 나 자신 안에서 과거의 남은 모든 것, 닻처럼 나를 그곳에 묶어두고 있는 모든 것을 기억으로 키워내려고 또 돌아간다. 나는 그 마을에 진실해지려고, 거기 사는 사람들의 갈망을 표현하려고 노력해 왔다. 진정으로 그곳을 버린 적은 한 번도 없기에.

나는 왜 영어로 시 쓰기를
그만두었는가

호세 F. 라카바

시인, 언론인, 번역가, 영화 시나리오작가이며, 언론사와 출판사에서 기자, 편집자로도 일했다. 여섯 권의 창작 시집과 책을 펴냈으며 민족의식이 깃든 영화 시나리오를 집필했다. 필리핀 영상물심의등급 위원회 부회장, 필리핀 영화시나리오작가조합 회장으로 일하기도 했다. 현재 필리핀대학교 대중매체대학에서 가르치며, 《YES!》 매거진 편집주간을 맡고 있다. 저서로 시 선집 『쌀처럼』과 『중년: 중년의 시』『놀라운 모험』『혼돈의 시대에』『모순의 세상에서』『소란의 날들, 분노의 밤들』 등이 있다. 시나리오 「재규어」「칼끝에 선 나의 조국」「징표가 있는 천사」「우리를 위한 투쟁」「마르코스로부터의 탈출」「새로운 영웅들」「정말로 확실한」「다피탄의 리살」 등을 집필했으며, 이들 영화는 칸, 베니스, 토론토 국제영화제 등에 초대되었다.

어떤 언어가 됐든지 시를 쓴다는 것은 내가 어렸을 때에는 상상조차 못 한 일이었다. 어릴 적 큰 꿈은 만화가였다. 연필로 본드지에다 그린 여러 권의 조잡한 만화를 집에서 만들었고, 그림을 그려나가면서 이야기를 만들었다. 이때가 바로 1950년대였다. 집에서 제작한 내 만화 부수는 딱 한 권이었지만 독자는 총 다섯 명으로 바로 내 남동생들과 여동생들이었다.

초기 만화 작품들의 이야기를 나는 영어로 썼다. 그러나 남동생 중 한 명이 필리핀어로 쓴 만화책을 만들게 되자 나는 거기에 필리핀어로 시리즈물을 연재했다.

필리핀의 언어 상황에 익숙하지 않은 이들을 위해서 필리핀어(Filipino)가 헌법에 규정된 국가 공식 언어임을 지적해 두고 싶다. 한때는 'Pilipino'라는 철자를 쓰기도 했었다. 필리핀어는 주로 수도인 마닐라 지역에서 사용되는 언어로서

약 7,100개의 섬으로 이루어진 필리핀 열도의 십여 개의 주요 언어 가운데 하나인 타갈로그어이다.

태어난 후 10년 동안 필리핀 남부의 민다나오 섬에 위치한 카가얀 데 오로라는 도시에서 자란 나의 제1언어는 비사얀 지방에서 많이 쓰는 세부아노어였다. 아버지는 필리핀 중부의 비사얀 언어권에 속하는 보홀 섬 출신이어서 세부아노어가 모국어였다. 그러나 어머니는 필리핀 북부 루손 섬의 파테로스 출신이었는데, 그곳은 타갈로그어를 쓰는 지역으로 현재는 마닐라 대도시권역에 속해 있다. 교사였던 어머니는 고등학교와 대학에서 줄곧 필리핀어 과목을 가르쳤다.

어머니 덕분에 필리핀어는 내 성장과정에서 빼놓을 수 없는 중요한 부분이 되었다. 나는 어머니가 가르치던 필리핀어 교과서와 문법책 그리고 진지한 작품들을 접했다. 어머니는 나와 동생들을 필리핀 대중문화로부터 격리시키지 않았다. 당시에는 일반적으로 타갈로그어를 매체로 하는 대중문화가 기피 대상이었는데, 대학 교육을 받은 지식인들은 그때까지도 신발 대신 나막신을 신고 다니던 농부들과 서민들을 '나막신(bakya) 군중' 문화라고 조롱하고 경멸했다. 그러나 교사였던 어머니는 나막신 군중 문화를 옹호하지도 않았고 그렇다고 해서 편견을 가지고 있지도 않았다. 집에 TV를 둘 만한 여유가 없었던 터라 우리는 필리핀의 영웅들에 대한 연재물과 저급한 코미디 그리고 매주 전통 시 경연대회(balagtasan) 등을 방송하던 라디오를 항상 들었다. 때로는 타갈로그어 영화를 보기도 했는데, 그 이유는 비사얀어 영화산업이 완전히 사라지지는 않았으나 이미 고사상태에 있어서 마닐라에서는 상영조차 될 수 없었기 때문이었다. 게다가 나는 타갈로그어 만화를 대여해주던 구멍가게의 단골손님이었다.

반면 내가 학교 공부를 시작했을 때부터 대학을 중퇴할 때까지 교육 매체는 영어였다. 당시 많은 학교에서는 영어만 사용해야 한다는 규정을 두었고, 캠퍼스에서 필리핀어를 사용하는 사람에게 벌금을 부과하기도 했다.

또한 법으로 모든 학생들이 고등학교에서 1년, 그리고 대학에서 4년 동안 스페인어를 배우도록 했다. 나는 장학금을 받고 다녔던 예수회 대학의 학사과정 교과목이었던 라틴어를 2년간 배워야 했다. 그 대학은 또한 영어교육으로도 유명한 곳이었다.

결국 나는 잡다한 언어들을 먹고 산 셈인데, 이는 이후에 두 가지 코스 요리로 귀결되었다. 마닐라로 이사하고 아버지가 돌아가신 후에는 집에서 세부아노어를 사용하지 않았다. 가톨릭교회가 라틴어 미사를 폐지한 이후 라틴어와의 접촉도 사라지게 되었다. 스페인어는 지금도 읽을 수 있고 사전의 많은 도움을 받아서 번역도 할 수 있을 정도이지만 말은 거의 못하며 대화를 이해하기도 힘들다.

따라서 나는 집과 이웃에서는 필리핀어를 사용하고 학교와 직장에서는 영어를 읽고 쓰는 이중언어 사용자가 되었다.

이제 시의 주제와 시 쓰기로 다시 돌아가 보자.

시를 쓴다는 생각을 어릴 때 전혀 해보지 않았던 나는 시 낭송을 잘했었다. 선생님들은 내가 시를 전달하기에 좋은 목소리와 어조를 가지고 있으며 기억력이 좋다고 말씀하시며, 나를 웅변대회와 낭독대회 및 행사 등에 참가하도록 했다. 나는 월트 휘트먼의 「오 선장, 나의 선장!」과 알프레드 로드 테니슨의 「경전차 여단의 진격」 그리고 셰익스피어의 『줄리어스 시저』에 나오는 마크 안토니의 장례식 연설 등을 암송하였다.

나는 대학에 들어가서야 시를 쓰기 시작했다. 대학 1학년 때 영문과 교수님이 몇 편의 하이쿠를 써보라는 수업 과제를 내주었다. 내가 제출한 과제물들은 매우 높은 점수를 받았다. 영시를 써서 상을 받기도 했던 교수님은 내게 시를 써보라고 진지하게 권했다.

장학금을 받고 다니던 예수회 대학에는 순수예술이나 시

각예술에 관련된 단과대학이나 학과가 없었기 때문에, 나는 자연스럽게 영문학을 전공하게 되었고 소설이나 시를 쓰려는 미래의 작가들과 함께 생활하면서 대학신문 등에 영어 단편소설과 시를 발표하였다.

영어로 시와 산문을 발표하면서 비록 지식인들 사이에서 필리핀어가 진지한 글쓰기를 위한 것이 아니라 오락을 위한 가벼운 언어라는 인식에도 불구하고, 나는 필리핀어로도 시를 계속 썼다.

아마도 필리핀어 선생님이었던 어머니에게 잘 보이기 위해서였는지도 모른다. 아니면 필리핀어가 성장기에 중요한 부분이어서 그것으로 나 자신을 표현하지 않으면 안 됐을지도 모른다. 그도 아니면 실존적 개념인 '존재'와 '생성'에 알맞은 필리핀어를 찾고자 노력하던 예수회 철학교수의 영향 때문이었는지도 모른다. 아직도 나는 교수님이 내게 말했던 것을 기억하고 있는데, 그것은 바로 라틴어와 그리스어가 철학언어로 쓰이던 시절에 저술활동을 하던 임마누엘 칸트가 '독일어로 말하기' 위해서 철학을 가르치겠다고 선언했다는 것이다.

이유가 어떻든 간에 나는 '필리핀어로 말하기' 위해서 현대 시를 가르치겠다고 다짐했었다. 이처럼 무모한 일을 하기로 결심한 이유 가운데 하나는 기존에 필리핀에 존재하고 있던 현대문학을 철저히 무시하겠다는 생각이었다. 운 좋게도, 이전 세대 작가들과 다른 대학의 동시대 작가들이 문학 주제와 기법 면에서 산업화된 선진국에서 생성된 모더니즘 문학의 인식과 영향이 드러나는 타갈로그어 장편소설과 단편소설 그리고 시 등을 이미 썼거나 써오고 있었다는 사실을 모르고 있던 상태였다.

당시 필리핀어로 시를 쓰던 나는 현대 시와 드라마 그리고 소설 등을 가르쳤던 영문과 교수들 가운데 두 분이 필리핀어로 시를 쓴다는 사실을 알게 되었다. 이 점에 대해서는 뒤에 가서 얘기하기로 하자.

나는 라디오 연재물과 만화 그리고 전통 시 경연대회 등의 대중문화에 친숙했는데, 이와 같은 문화는 중세 기사 이야기와 순회공연 악단과 50년대 멜로드라마의 시대에 영원히 묻혀버릴 것만 같았다. 그러나 이러한 문화로부터 당시 모더니즘 교육이(아시다시피 이때는 포스트모더니즘이 등장하기 전이었다) 단순하고 피상적이며 지독하게 감상적이라고 비난했던 문학이 탄생하게 되었다.

더욱이 교과서에서 읽었던 타갈로그어 시는 매우 수사적이고 화려하며 오지에서나 쓰일 법한 고어들이 등장했다. 그것은 비사얀어를 제1언어로 쓰는 나와 같은 사람들이 살아가는 거리와 이웃에서 일상적으로 들을 수 있으며, 평범한 구어체와 속어가 뒤섞여 다듬어지지 않은 마닐라 대도시권역의 활기차고 쉬운 언어로 쓰여 있지 않았다.

실은 당시의 내 시 작업은 도회적이고 현대적인 감성과 '나막신' 성장 배경의 조화를 이루려는 노력의 일환이었다. 전통적인 타갈로그어 시에 등장하는 애매모호한 말들과 상투적인 은유 대신에 이미지즘으로부터 시각적 효과를 차용하였다. 난해하고 시적인 타갈로그어 대신에 저속하고 출판하기에 적합하지 않은 말들이 포함된 일상적이고 평범한 타갈로그어를 사용했다. 그러나 전통적이고 토속적인 시의 형태로 음절과 운을 살려서 현존하는 시 작법의 틀에 맞도록 하였다.

시 작업의 실험 가운데 하나로 세계 여러 나라의 시를 필리핀어로 번역해보기도 했는데, 이는 본질적으로 시를 쓸 수 있는 영감이 떠오르지 않는 슬럼프에 빠졌을 때 필리핀어를 사용해보기 위한 연습이었다.

앞서 언급했던 바대로 말할 수 없이 놀랍고 기쁘게도, 대학 시절 나는 마음이 맞는 두 명의 영문과 교수를 만났다. 내가 쓴 타갈로그어 시를 보여주자 격려의 글들을 남겨주었다.

나는 몇몇 실험적인 필리핀어 캠퍼스 작가들과 함께 대학신
문과 군소 잡지에 작품을 발표했고, 교수들은 우리가 쓴 시
에 대한 해설을 위하여 이론을 만들었는데, 이는 아마도 작
품 발표 때 우리가 한그룹으로 묶여진 데 대한 정당성을 부
여하기 위해서였을 것이다.

조직화되어 있지 않은 우리 그룹을 오늘날 필리핀 문단 역
사에서는 '사물(혹은 대상) 운동(Kilusang Bagay)'이라고 부르
고 있는데, 이는 이미지와 대화체 언어(이는 타갈로그어와 영어
를 혼합한 타글리시로 도시에서 성장한 대학교육을 받은 필리핀 사람
들이 흔히 쓰는 말이다)의 중요성을 역설하는 문학운동이다. 당
시 영문과 교수 두 분은 이후에 필리핀 국민 예술가 칭호를
받게 되는데 이는 예술가에게 수여되는 기사 작위와 다를 바
없는 영예다.

물론 필리핀어로 시를 쓴다고 해서 영어로 글쓰기를 중단
한 것은 아니었다. 토속적인 감수성과 토속적인 언어를 필요
로 하는 생각과 감정이 존재하고 있듯이, 국제적 담론의 언
어로 표현해야 할 생각이나 감정 또한 분명히 존재하고 있기
때문이다.

대학을 중퇴한 나는 영어 매체의 기자로 첫 직장 생활을
시작했다. 내가 그 일을 시작하게 된 이유는 단순히 대학 졸

업장이 필요 없었기 때문이었다. 40년이 지난 지금까지도 주된 생계 수단인(빵과 버터를, 아니면 밥과 생선을 산다고 해야 할까?) 영어 언론사에 남아 있는 이유 중 하나는 방송사를 제외하고 필리핀어 언론사보다 상대적으로 보수가 좋아서다.

시는 다른 문제다. 영어로 쓰건 필리핀어로 쓰건 간에 필리핀에서 시는 여태까지 돈벌이가 되지 못했다. 가끔씩 문학상을 수상하는 것 이외에는 시를 통해서 돈을 벌 생각은 하지 말아야 하며, 록스타처럼 유명세를 얻지도 못한다. 그렇다면 이전처럼 자주는 아니지만 나는 왜 계속해서 시를 쓰고 있는가? 어느 시인이 언젠가 말했듯이 시라고 하는 것은 그저 가려울 때 긁어야 되는 가려움일 뿐이다.

이제 이 긴 에세이가 다루고자 하는 문제와 마침내 조우하게 된다. 나는 왜 영어로 시 쓰기를 그만두었는가. 자랑은 아니지만 내가 쓴 영시가 내 타갈로그어 시만큼이나 비평가들의 호평을 받았다고 자신 있게 말할 수 있다. 이에 대한 증거는 내가 젊었을 때 쓴 영시들이 아직도 교과서와 시 선집에 실려 있다는 점이다. 그런데 왜 이러한 가려움은 더 이상 생겨나지 않는 것일까?

역설적이게도 영어 언론사 기자로서의 일 때문에 나는 영시 쓰기를 그만두어야겠다는 중요한 결정을 내리게 되었다.

대학시절에는 정치에 완전 무관심이었고 상당히 반사회적이었다. 하인들에게조차 영어를 쓰는 부유한 엘리트 집단을 위한 학교를 다녔던 가난한 나에게 계급과 언어적 갈등에 관련된 잠재의식이 생겼을지도 모른다. 기자가 된 이후에 이러한 잠재의식이 표출됐을 수도 있다.

주간지 기자로 일하던 1960년대 후반 필리핀에서 굉장한 사회적, 국민적 동요가 일어났다. 당시 분위기는 그 시절 보도했던 기사들을 묶어서 발간한 책의 제목인 『소란의 날들, 분노의 밤들』을 통해서 묘사한 바 있다. 세계 어느 곳에서와 마찬가지로 필리핀 젊은이들은 베트남 전쟁을 반대하고 있었고, 시민권과 여성의 권리에서부터 인권에 이르기까지 다양한 문제들을 주장하며 거리 행진을 벌였다. 또한 필리핀 젊은이들은 정치, 경제, 군사 문제뿐만 아니라 문화생활까지 여전히 지배하고 있는 과거의 식민지배세력에 반기를 들었다.

후기식민지배에 대항한 우리의 문화운동은 필리핀 식민지 경험의 상징이라고 할 수 있다. 한 필리핀 작가가 말했듯이 제2차 세계대전 이전 스페인과 미국의 식민지였던 필리핀의 역사는 '수도원에서 3백 년, 그리고 할리우드에서 50년'이라고 요약될 수 있다.

실은 나는 여전히 할리우드 영화광이며 미국 팝송 중에서

프랭크 시나트라의 노래를 좋아한다. 그러나 60년대와 70년대 초반 시위와 항의 집회 그리고 노조 파업 등을 취재하면서 당시 젊은이들이 '문화 노동자'들에게 제기한 문제들을 나 자신에게 한번 물어보게 되었다. 나는 왜 글을 쓰는가? 나는 누구를 위하여 글을 쓰는가? 나는 어떤 언어로 글을 써야 하는가?

우리 집 세탁을 맡아주던 아주머니와 동네에서 달콤한 콩과자를 팔던 행상 아저씨는 시에 아무런 관심이 없을지 모른다. 그러나 나는 시를 통해서 그들을 다룰 수 있다면 그것은 영어로 써서는 안 된다는 사실을 깨달았다. 또한 내 정치사회적 삶과 문학적 경력에 있어서, 시인으로서 더 이상 영어로 할 수 있는 말이 남아 있지 않은 지점에 이르렀던 것이다. 일반화하려는 생각은 추호도 없으며 이는 전적으로 나 자신에만 해당되는 것이다. 영시를 쓸 때는 비듬과 여드름 그리고 개인적인 불안 등 나 자신에 대해서 말하고 있으며 마치 혼잣말을 하는 듯한 기분이 들었다. 그러나 필리핀어로 쓸때는 착취와 억압 그리고 제국주의 등 그 어떤 큰 문제라도 쓸 수 있었으며, 비듬과 여드름 그리고 개인적 불안 등에 대해서도 당연히 쓸 수 있었다.

최종적으로 그것은 나 자신의 결정이었다. 1970년 말 그러니까 페르디난드 마르코스가 계엄을 선포하고 내 언론 활동을 중지시키기 2년 전 마지막 영시를 썼는데, 그 내용은 필리핀이 처한 위기와 앞으로 있을 사회적 격변에 관한 길고 두서없는 글이었다.

그것이 내 마지막 영시가 되기를 바랐건만 몇 년 후 계엄 하에 도망자의 신분으로 또 한 편의 영시를 쓰게 되었다. 가명으로 쓴 그 시는 서슬 퍼렇던 언론 검열에도 불구하고 주류 언론에 실리게 되었다. 「자유의 몸이 된 프로메테우스」라는 제목의 시를 당국은 이해할 수 없었고, 따라서 그들에게 해가 되지 않아 보였던 것이다. 그러나 곧 그 시가 정권 타도와 관련된 내용을 담고 있다는 소문이 나돌기 시작하자 군인들을 동원해서 시를 실은 잡지를 가판대에서 철거해버렸다.

계엄령이 선포된 지 2년 후 군인들에게 체포되어 고문을 받고 있을 때, 조사관 한 명이 내게 말했다. "당신이 바로 그 잡지에 시를 쓴 사람이로구만." 경찰 경감이 내 시에 대해서 알 만큼 문학적이었다는 사실에 우쭐하기도 했으나, 그가 질문이 아닌 진술을 하고 있었기 때문에 시인도 부인도 하지 않았다. 1986년 '피플파워' 봉기가 있고 마르코스가 몰락한 후에야 비로소 나는 논란이 된 시를 쓴 사람이라고 공식 인정했다.

오늘날 필리핀에서 시인으로서의 내 위치는 타갈로그어 시에 근거하게 될 것이다. 그러나 나는 영어로 쓴 마지막 시 때문에 사람들에게 기억되거나 악명을 유지하게 될지도 모른다.

그러나 「자유의 몸이 된 프로메테우스」는 영어로만 쓰인 것은 아니다. 그것은 수수께끼 시로서 밑으로 내려서 읽으면 행의 첫 글자들이 마르코스 히틀러 독재자 앞잡이(MARCOS HITLER DIKTADOR TUTA)라는 타갈로그어 구호가 된다.

자유의 몸이 된 프로메테우스

결코 나는 노예와 같은 굴종과 내 족쇄를 바꾸지 않겠다. 제우스를 위해 봉사를 하느니 차라리 바위에 묶여 있는 편이 나을 것이다.

—아이스킬로스, 「자유의 몸이 된 프로메테우스」

아르테미스가 사라졌으니
화성이 오늘밤 빛을 발할 테다.

어스름한 하늘의 녹빛으로

핏발 선 눈이 붉게 물들거나,

소란으로 진실된 자들의

잠이 끊어질까?

불의 선물을 꽉 붙들고 있어라!

나는 분노! 나는 격노! 나는 진노!

내 바위에 앉아

자유의 숨소리를 조롱하는

쇠사슬을 핥고 있는 독수리는

죽음, 죽음, 죽음의 악취가 난다.

죽음도 나를 열 수는 없을 것이다.

나는 대지, 바람, 그리고 바다!

무덤의 습기를 거부하고

불타는 사랑의 칼로

차가운 죽음의 손을 베는

용사들에게 키스를 내린다.

오리온이 움직인다.

감히 반항하는 한 신을

죽음의 주먹으로부터 건져내려고

자유롭게 떠나서 되돌아오는

불꽃의 견고하고, 고결한 일격으로

독수리는 물러선다.

일본 작가로서, 아시아 작가로서

오다 마코토

작가, 사상가, 평화운동가. 1932년 오사카에서 출생하여 도쿄대학 문학부를 졸업하고 하버드대학에서 공부했다. 1960년대 일본에서 안보투쟁과 베트남전쟁 반대운동을 시작하여 반전 평화운동을 계속해온 양심적 지식인으로 일본뿐 아니라 아시아의 민주화와 인권, 평화 문제에 깊은 관심을 기울여왔다. 한국의 시인 김지하가 투옥되었을 때 그의 시 「오적」을 일어와 영어로 번역해 소개하고 장 폴 사르트르, 놈 촘스키, 하워드 진을 비롯한 세계의 지식인들과 함께 김지하 석방 운동을 주도했다. 『전쟁인가 평화인가: '9월 11일' 이후의 세계를 생각한다』를 비롯해 세계 질서에 관한 성찰이 담긴 여러 권의 책을 썼다. 2007년 75세의 나이로 작고하였다. 저서로 『나는 이렇게 보았다』 『분단 베트남과 통일 베트남 그 현장을 가다』 『평화를 만드는 원리』 등이 있다.

영국 BBC의 라디오 드라마 〈옥쇄〉(티나 페플러 극본)가 2005년 8월 6일(BBC는 8월 6일을 '히로시마의 날'이라고 부른다) 전 세계에 방송되었는데, 이 드라마는 같은 제목의 내 소설을 각색한 것이다(내 소설『옥쇄』는 1998년에 신초샤에서 출판되었고, 도널드 킨이 영어로 번역하여 2003년에 컬럼비아 대학 출판부에서 『Breaking Jewel(부서지는 보석)』이라는 제목으로 출간되었다).

내 소설과 라디오 드라마의 중심 주제인 '옥쇄'는 태평양 전쟁 말기에 태평양의 작은 외딴 섬에서 자신들보다 훨씬 강력한 미군 상륙 부대와 맞서 싸워야 했던 일본제국 수비대 병사들의 필사적인 자살 공격이었다. '옥쇄'는 또한 근대 일본이 1945년에 패전할 때까지 제국주의 국가였다는 과거사의 현실을 있는 그대로 보여준다.

1868년에 메이지 유신이 일어나 250년 동안 계속된 도쿠가와 봉건 지배를 무너뜨린 뒤 일본은 근대화하기 시작했다.

근대화는 곧 서구화를 의미했다. 일본은 음식과 옷차림에서부터 의회제도와 전함에 이르기까지 모든 면에서 강력한 서구 열강을 본뜨는 것으로 근대화를 시작했다. 일본은 근대적인 산업국가를 세우는 데 성공했을 뿐만 아니라, 아시아에 막강한 제국주의 세력을 확립하는 데에도 대성공을 거두었다. 새로 등장한 제국주의 세력은 메이지 유신 이후 순식간에 팽창하여 동아시아를 지배하기 시작했고, 새로 증강된 강력한 군사력으로 타이완과 한국과 중국을 직접·간접으로 침략하여 식민지로 삼았다. 이것은 서구 열강이 일찍이 아시아와 그 밖의 지역에서 자행해온 짓이었다. 서양의 제국주의 학교에서 일본은 사실 촌스러운 동양계 학생이었다. 서구 열강은 믿을 수 없을 만큼 오랫동안 아시아를 비롯한 세계 각지를 지배하고 착취해 왔다. 이제 일본은, 서구 열강의 지배와 착취의 굴레에서 아시아를 해방시킬 수 있는 것은 막강한 군사력을 보유하고 아시아에서 지배적인 지위를 차지하고 있는 일본뿐이라고 주장하기 시작했다.

일본의 제국주의적 활동을 정당화하는 그런 주장이 가장 강력하게 선전된 것은 1941년에 일본이 미국과 영국 및 그 동맹국을 상대로 태평양전쟁을 시작했을 때였다. 일본은 '대동아공영권' 창설을 구실 삼아 태평양전쟁을 '대동아전쟁'

이라고 부르고, '대동아공영권'에서는 모든 아시아인이 서로 독립적이고 평등한 공존 상태를 확립하고 번영을 누릴 수 있다고 공언했다. 그것은 멋진 구실이었지만, 그러나 현실은 달랐다. 중요한 일들은 모두 일본제국의 강력한 지도와 통제를 받아야 했다. '대동아공영권'은 영국연방과 비슷했다. 영국연방에서도 중요한 일들은 모두 대영제국의 강력한 지도와 통제 아래에서 이루어져야 했다. '대동아공영권'은 '영국연방'의 일본판에 불과할 터였다.

그리고 여기서 두 가지를 더 언급할 필요가 있다. 일본은 '대동아공영권'을 건설한다는 멋진 구실을 선전했지만, 한국과 타이완이 독립하도록 내버려둘 생각은 전혀 없었고, 중국에서는 침략 전쟁을 계속하고 있었다.

이제 일본은 미국과 영국처럼 훨씬 크고 강력한 적을 상대로 전쟁을 하기 시작했다. 일본은 러일전쟁(1904~05년) 때처럼 전통적인 기습 공격을 감행하여 진주만에서 대성공을 거두었지만, 전쟁이 길어지면서 차츰 밀리기 시작했다. 일본은 거의 모든 기회를 차례로 잃고 군사력과 산업력이 급속히 줄어들었다. 마침내 일본은 '가미카제'의 자살 공격과 필사적인 '옥쇄' 공격에 의지할 수밖에 없었다. 병사들이 제 목숨을 희생해야 하는 '가미카제'와 '옥쇄'는 믿을 수 없을 만큼 비인간적인 작전이었다. 실제로 많은 병사들이 그런 식으로 헛되이 목숨을 잃었다.

'가미카제'와 '옥쇄'에 참여한 병사들은 정신 나간 얼간이로 여겨지기 십상이지만, 전쟁을 끝까지 수행해야 한다면 그것은 전쟁의 필연적인 결과일 뿐만 아니라 논리적이고 윤리적인 결과이기도 하다고 말할 수 있을 것이다. 약소국이 절망적인 상황에 몰렸을 때 선택할 수 있는 것은 사실 그런 필사적인 작전뿐이었다. 병사들이 정신 나간 얼간이였다면, 전쟁 자체가 그보다 훨씬 큰 규모로 정신 나간 얼간이였다. 전쟁의 광기와 어리석음은 병사들을 끌어들여 더욱 정신 나간 얼간이로 만들었다.

전쟁이 끝난 뒤, 나는 제국주의 일본의 과거를 돌이켜보면서 그 병사들을 깊이 동정하기 시작했고, 그들이 어떻게 죽었는지를 알아내기 위해 자료를 조사하여 마침내 소설 『옥쇄』를 쓰기 시작했다. 불행한 병사들은 일본인만이 아니었다. 내 소설에 등장하는 두 주인공 가운데 하나는 제국주의 일본군에 복무하고 있었던 한국인 병사였다. 그는 그 절망적인 자살 전투에서 무엇을 위해 누구를 상대로 싸웠을까? 아시아를 지배한 제국주의 일본의 과거사가 지니고 있는 가장 노골적인 현실이 여기에 분명하게 제시되었다.

1924년, 중국 혁명의 아버지(또는 할아버지)인 쑨원이 베이징에서 죽기 직전에 일본을 방문하여 11월 28일 고베에서 3천 명의 일본인 청중에게 인상적인 연설을 했다. 이 연설은 그가 일본과 일본 국민에게 남긴 마지막 말이거나 '유언'이었다. 이 연설에서 쑨원은 이렇게 말했다. "지금까지 일본은 엄청나게 빠른 발전과 성장을 이룩하여 아시아에서 가장 진보한 나라가 되었고, 그리하여 아시아의 주요 강국이 되었다. 일본의 발전은 놀랍고 높이 평가할 만하다. 하지만 지금까지는 그 진보가 서구 열강과 마찬가지로 힘을 통해 이루어졌으며, 그 힘을 떠받치는 중심 기둥은 군사력이었다. 이제는 일본이 서구 열강의 제국주의적·패권주의적 힘의 정치에서 벗어나 도덕과 상호 신뢰와 인민의 신임에 바탕을 둔 아시아의 전통적인 비폭력 정치로 미래의 방향을 바꾸어야 할 때다."

하지만 일본은 그의 충고를 무시하고 계속 제국주의적·패권주의적 힘의 정치를 추구하여 아시아에서 전보다 훨씬 큰 규모로 전쟁과 지배를 확대했다. 이 힘의 정치는 '대동아전쟁'으로, '가미카제'와 '옥쇄'로, 그리고 마침내 패배로 이어졌다.

패배는 총체적이고 완전했다. 일본은 거대한 폐허가 되었다. 폐허에서 출발하여 새 나라를 세우기 위해 일본 국민에게 가장 필요하고 가장 중요한 것은 제국주의 일본의 과거를 결코 되풀이하지 않겠다는 결심이었다. 이 결심은 전후에 제정된 신헌법에 구현되었는데, 신헌법 제9조는 도덕과 상호 신뢰와 인민의 신임을 바탕으로 전쟁 포기와 무장 금지를 선언했다. 일본 헌법은 전 세계의 일본인, 특히 일본의 전쟁과 지배로 큰 고통을 겪은 아시아인들에 대한 굳은 맹세였다. 이 헌법은 또한 쑨원이 일본인들에게 남긴 '유언'에서 일본이 앞으로 나아가야 할 진로라고 주장한 아시아의 전통적인 비폭력 정치의 이상을 구현했다.

헌법의 평화주의적 자세를 발판으로 전후 일본은 새 나라를 건설하기 시작했고, 차츰 번영하기 시작하여 마침내 세계에서 가장 유복한 나라 가운데 하나가 되었고, 경제적으로는 초강대국으로 여겨지기까지 한다. 정치의 평화주의적 자세는 강력한 경제를 떠받치는 토대이기도 하다. 하지만 불행하게도 지금 일본은 이 근본적인 평화주의적 자세를 잃어가고 있는 듯하다. 특히 미국의 강력한 힘의 정치를 추종하고 있는 고이즈미 정부에서는 그런 경향이 더욱 강해지고 있다. 나를 포함하여 많은 일본인들이 개헌을 강력하게 반대하고 있지만, 일본은 헌법을 바꾸어 제9조를 삭제할지도 모른다.

나는 왜 개헌에 반대하는가? 대답은 다음과 같다. 내가 방금 언급한 일본 근대사를 인식하고 있는 일본 시민으로서, 그리고 일본 작가로서 나는 무엇보다도 먼저 일본이 과거―제국주의적 과거―를 되풀이하지 않기 바란다. 과거는 다른 방식과 다른 형태로 언제든지 다시 부활하고 반복될 수 있다. 둘째, 일본 헌법이 분명히 주창하고 있는 정치와 경제의 평화주의적 자세는 일본만이 아니라 전 세계에도 매우 중요하고 꼭 필요한 것이다. 특히 세계가 과거 어느 때보다도 불확실과 불안정으로 가득 차 있어 보이는 오늘날에는 더욱 그렇다. 전쟁과 '옥쇄'는 세계에서 언제 어디서나 일어날 수 있다. 일본어 소설 『옥쇄』와 BBC 라디오 드라마 〈옥쇄〉는 이런 기본적인 세계 상황에 대한 서글픈 인식을 토대로 씌어지고 방송되었다.

번역자 약력

「작가는 한 마리 '소'다」
번역 문현선

이화여자대학교 사학과와 중어중문학과를 졸업하고 동대학원에서 중국 문학을 전공하여 석사와 박사 학위를 받았으며, 현재 세종대학교 소프트웨어융합대학에서 초빙교수로 강의를 맡고 있다. 저서로『삶에서 앎으로 앎에서 삶으로』『무협』『신화, 영화와 만나다』(공저) 등이 있고,『마사지사』『거싸얼왕』『하안』『다리 위 미친여자』『나는 남편을 죽이지 않았다』『나, 제왕의 생애』『모두 변화한다』『끝에서 두 번째 여자친구』『행위예술』『암시』등 다수의 작품을 우리말로 옮겼다.

「글쓰기는 투쟁이다」
번역 이 연

한국외국어대학교에서 말레이-인도네시아어를 전공하고 동대학원에서 석사학위를 취득하였으며, 국립 인도네시아 대학교에서 박사학위를 취득했다. 현재 한국 외국어 대학교 말레이-인도네시아어과에서 강의하고 있다. 저서로는『인도네시아 문학의 이해(공저)』『주말에 끝내는 인도네시아어』『인도네시아어 급하신 분을 위한 표현 백서』『국가 대표 인도네시아어 첫걸음』이 있으며 번역서로『발리의 춤』등이 있다.

「나, 내 삶, 내 글」
번역 박재원

한국외국어대학교 아랍어과와 동대학원을 졸업하고, 카이로대학교 아랍어아랍문학과에서 문학박사를 받았다. 1992년부터 1996년까지 한국방송공사 카이로 통신원을 지내고 외국학종합연구센터 해외리포터, 이집트 아인샴스대학교 알순대학 한국어과 강사를 지냈으며, 현재 한국외국어대학교 아시아언어문화대학 아랍어과 교수로 재직하고 있다.

「나의 마을, 나의 이야기」
번역 정영목
서울대 영문학과를 졸업하고, 동대학원을 졸업했다. 전문번역가로 활동하며, 현재 이화여대 통역번역대학원 교수로 재직 중이다. 저서로『완전한 번역에서 완전한 언어로』『소설이 국경을 건너는 방법』이 있고, 옮긴 책으로는「길가메시」시리즈,『인디언의 진짜 친구』『셰익스피어 이야기』『하멜른의 피리 부는 사나이』『보물섬』『트로이 전쟁』『눈먼 자들의 도시』등이 있다.

「나는 왜 영어로 시 쓰기를 그만두었는가」
번역 손석주
인도 자와할랄 네루 대학교에서 영문학 석사 학위를, 호주 시드니대학교에서 박사 학위를 받았으며 미국 하버드대학교 세계문학연구소(IWL) 등에서 수학했다. 제34회 한국현대문학 번역상과 제4회 한국문학번역신인상을 수상했으며, 2007년 대산문화재단으로부터 한국문학번역지원금을, 2014년에는 캐나다 예술위원회로부터 국제번역기금을 수혜했다. 주요 역서로는『적절한 균형』『그토록 먼 여행』『가족문제』등이 있고 김인숙, 김원일, 신상웅, 김하기, 전상국 등 다수의 한국 작가 작품들을 영역했다.

「일본 작가로서, 아시아 작가로서」
번역 김석희
서울대학교 불문학과를 졸업하고 1988년《한국일보》신춘문예에 소설이 당선되어 등단했다. 작품집『이상의 날개』와 장편소설『섬에는 옹달샘』등을 발표했으며,『프랑스 중위의 여자』『초원의 집』『해저 2만 리』『로마인 이야기』등 백여 권을 번역했다. 1997년 제1회 한국번역상 대상을 수상했다

수록 작품 발표 지면

나는 어떻게 글을 쓰는가

아시아 작가들의 글쓰기와 삶

2020년 5월 18일 초판 1쇄 펴냄
2024년 11월 30일 초판 2쇄 발행

지은이 오정희, 김인숙, 임철우, 구효서, 최윤, 이순원, 장강명, 조경란, 한수산,
　　　　이혜경, 백가흠, 조해진, 박민정, 류전원, 사하르 칼리파, 프란시스코 시오닐 호세,
　　　　푸투 위자야, 호세 F. 라카바, 오다 마코토
펴낸이 김재범
펴낸곳 (주)아시아 | **출판등록** 2006년 1월 27일 | **등록번호** 제406-2006-000004호
주소 서울시 동작구 서달로 161-1 3층(흑석동 100-16)
블로그 blog.naver.com/bookasia
홈페이지 www.bookasia.org

ISBN 979-11-5662-455-4 03800

*이 책 내용의 전부 또는 일부를 재사용하려면 반드시 저작권자와 아시아 양측의 동의를 받아야 합니다.
*제작 인쇄 및 유통상의 파본 도서는 구입하신 서점에서 바꿔드립니다.
*값은 뒤표지에 있습니다.